时间的横截面

向吉英 著

陕西新华出版
太白文艺出版社·西安

图书在版编目（CIP）数据

时间的横截面 / 向吉英著 . -- 西安：太白文艺出版社，2025.2. --（诗意彩虹）. -- ISBN 978-7-5513-2917-0

Ⅰ . I227

中国国家版本馆 CIP 数据核字第 2025HF2031 号

时间的横截面
SHIJIAN DE HENGJIEMIAN

作　　者	向吉英
责任编辑	汤　阳
封面设计	麦　平
版式设计	陈国梁
出版发行	太白文艺出版社
经　　销	新华书店
印　　刷	武汉鑫佳捷印务有限公司
开　　本	880mm×1230mm 1/32
字　　数	150 千字
印　　张	8.375
版　　次	2025 年 2 月第 1 版
印　　次	2025 年 2 月第 1 次印刷
书　　号	ISBN 978-7-5513-2917-0
定　　价	388.00 元（全 7 册）

版权所有　翻印必究
如有印装质量问题，可寄出版社印制部调换
联系电话：029-81206800
出版社地址：西安市曲江新区登高路 1388 号（邮编：710061）
营销中心电话：029-87277748　029-87217872

自序

当我望向户外，时间在我的凝望中流逝。我常常想，时间是不是像海浪一样越过沙滩，它淹过的一切，正是我们经历的当下。例如，在浪头淹来之时，我正在无所事事地张望，外卖小哥正骑车越过红灯，产妇正在生产，那个悲伤的人把烟头丢进草丛，领导坐在主席台正端起茶杯，环卫工正把垃圾装进车里，恋爱的人正拥吻，学生的脚正踢向足球。还有很多人如我一样，正望着户外的天空，当然，他们的天空与我的不太一样，我们之间没有感应，不能互相提醒正在被时间的浪淹过。但淹过的痕迹应该是实在的，虽然可能被有意无意地遗忘掉。子在川上曰，逝者如斯夫。时间的话题人生躲不过。

因此，我在整理近几年写的这些分行文字时，想到了时间的流逝，永不停止的时间序列里，我们只是存在其中的某个片段，只是在一个横截面上留存了痕迹。刚好诗集里有一首诗的题目叫《时间的横截面》，诗集乃借用此名。

如果时间的浪头有记忆的话，这几年当是它越过的特异性地带，看到人间诸多的无常：战争和瘟疫、水灾和山火、严寒和酷热接踵而至；同时，逆全球化、民粹主义、极权和保守又沉渣泛滥。人们失去了岁月静好，忙碌着生计的同时，增添了精神的忧郁。但人们总得伴随时间往前走。历史是重复的，也是崭新的，每个阶段都可以在既往中找到，也可以有不同的特征。时间见证着这一切。

科技把人类又一步步往虚拟和异化方向推送，互联网和AI对生活的嵌入正在替代传统的美感。传统的写作方式正在发生改变，在碎片化的信息阅读和处理方面，随身离不开的手机成为写作的工具，碎片化的感想和灵感一现，都可以用手机记录，表现在诗歌这种体裁在网络流行，人人都可以成为诗人。长篇幅的写作我似乎已经失去了耐心和能力，成天在电脑前打字还是我做博士和博士后论文时期的状态，系统化的思考和撰写好像已离我远去。好在反思的习惯仍然在，于是有意记录着片段式的思考，不经意间竟然有了第三本诗集。

多年来，我沉迷于网络围棋游戏，它占用了我大量的时间和精力。眼见着白发被黑白子漂洗得越来越多，发根却越来越少。不止一次地拷问自己：生活的目的到底是什么？这个哲学命题显然不能得到合适的答案，于是仍然我行我素。但好在生活中诗意总是不缺的，它短暂的出现让我抓住了一些生活的意义。

诗歌的语言和技巧我还在摸索，一些诗作自己看了都觉得肤浅和呆板，别人看就可想而知了。一次朋友聚会，我即兴朗诵几首诗，朋友们借口去卫生间纷纷离席，以至于厕所人满为患。我当然知道，这不仅仅是我普通话不标准的问题。诗歌还没有回归为八十年代那样令大众兴奋的东西，现在只是小圈子里做自嗨或叹息的一种罂粟壳罢了。但我不为这些难为情，在我还没有找到更好的表达方式之前，碎片化的记录还会继续。况且，也不是一无是处，有时完成一首诗的写作后，真有释放后的舒缓感觉；而且重读一些诗，有时会感觉自己好像重新恋爱了一次。我得保持这个感觉的存在，以使自己的后半生不致缺失激情。

  我们都在被时间推着到达那个终点。种田人每天早出晚归地修理土地，挖煤人每天在黑暗里戳打地层，白领每天追赶班车，还有没完没了的会议。这些都是走向终点的方式，且如此的存续时间也就几十年。当我们通透了这些后，能否完全改变自己的生活方式？能否如同先贤般变得大智大慧？一般人如我是难以做到的，还得按照既定模式被推着往前。那么，能否让自己的生活多些内容而不显得单调和一成不变？这个应该是可以的，例如，增加一些爱好，多交几个朋友，多去远方走走。我们尽管是时间的俘虏，但也要争取到摆脱时间束缚的最大自由。思考是摆脱的方式之一，而写诗是思考的一种。

  按照时间序列，本诗集流水账式地记录了近几年来的生活经历和感悟。题材聚焦于日常生活，从历史走向和人性探微出发，以人文情怀刺破生活的僵硬外壳，发现温暖和光亮。在囿于有限的地理空间里，试图寻找精神的宽阔地带。不得不提我居所附近的翠竹山，它是一个不显眼的小山包，我经常去爬山和散步，每每有烦恼和愉悦时，都能从山里得到慰藉和分享，特别是有疫情的那几年，它是我避难的处所，也是我的精神领地和诗意宝藏。

  感谢家人允许我占用本不太大的房子空间摆放成堆的书籍。她们知道这是我的宝贝，与我是她们的宝贝一样不可或缺。我珍视时间赠予我的一切，并将对这一切用适当的方式回馈。

2024 年 7 月 17 日于深圳

目 录
CONTENTS

001 || 织金洞
002 || 黄果树瀑布
003 || 红云金顶
004 || 千户苗寨
006 || 纸　街
008 || 小七孔桥
009 || 碎片集
012 || 高铁上的父亲节
013 || 驴肉火烧
014 || 滹沱河
015 || 赛龙舟
016 || 一街分治
017 || 中英街
019 || 牯牛降遇雨
020 || 失　眠
021 || 落　款
022 || 雨中南华寺
023 || 珠玑巷
024 || 丹霞山
025 || 云门寺

026 || 梅关古道
027 || 劳动节
028 || 柳　州
029 || 谒柳侯祠
030 || 木棉花
031 || 鸭子的哲学
032 || 喀什古城
033 || 盘龙古道
034 || 瓦罕走廊
035 || 锡提亚迷城
036 || 莎　车
037 || 石头城
039 || 杏花村
040 || 在慕士塔格冰川
042 || 白沙湖
043 || 喀什阿瓦提乡桃花节
045 || 潮汕女子
047 || 喇叭花
048 || 无法自拔
049 || 三　月

- 1 -

051 || 2月24日
052 || 一朵黄花
053 || 百合花
054 || 新加坡
055 || 马六甲的涛声
057 || 购　物
058 || 除　夕
059 || 蒲　葵
060 || 花　市
061 || 紫花风铃木
062 || 寒冬来临
063 || 和　平
064 || 坐在冬天的阳台上
065 || 走在曾经的泡沫里
067 || 看　鸟
069 || 用青春的方式
070 || 迎新者
072 || 作　别
073 || 参观养老院
075 || 时间的空隙
076 || 飘　雪
077 || 今天需要写一首诗
078 || 泡温泉
079 || 天空下的地球

080 || 食物链
081 || 乌云下的蜻蜓
083 || 回母校
084 || 猪
085 || 倒　影
086 || 鹅
087 || 夜游濠河
089 || 光　影
090 || 码　头
092 || 智能时代有些东西还难以改变
093 || 遇　见
094 || 深　秋
095 || 行为艺术
096 || 重阳节登山
097 || 霜降辞
098 || 大　理
099 || 石　林
100 || 逛大芬油画村
102 || 农民工
103 || 中秋节前的扁月亮
104 || 奥本海默
105 || 等待"苏拉"
106 || 周庄听雨

108 || 南京路	141 || 腐植酸铵
109 || 魔都的夜	142 || 白花开满山坡
110 || 地铁一瞥	143 || 竹　林
111 || 迪士尼乐园的诱惑	145 || 游　神
112 || 乌龙山大峡谷叙事	147 || 视　角
114 || 竹叶尖上的露珠	149 || 夕　阳
115 || 阳光穿透一切	150 || 枯树苑
116 || 天　问	151 || 春　天
117 || 洋紫荆	152 || 海上世界
118 || 父亲们	154 || 海边断章
119 || 雨　后	156 || 时间的横截面
120 || 世间少了一个老顽童	157 || 人　生
122 || 珠江月夜	158 || 年夜饭
124 || 初　夏	159 || 将自己的身体建成
125 || 地铁瞎想	一座水库
127 || 喊　妈	160 || 阳　记
128 || 烧　烤	161 || 等
130 || 盐洲岛观鸟	163 || 苦
132 || 盐洲岛捕鱼	164 || 躲
134 || 深圳湾公园	165 || 喜欢这样的天气
136 || 进　山	166 || 万物都有兴衰
137 || 日全食	167 || 重上莲花山
138 || 神　迹	168 || 菊花展
139 || 打鼾五重奏	169 || 翠竹公园赋

171 ‖ 与一杯清茶的对话	200 ‖ 并非虚构
174 ‖ 西湖龙井	201 ‖ 做　梦
175 ‖ 吃　鱼	202 ‖ 水　秀
176 ‖ 隐　士	203 ‖ 摩天大楼
177 ‖ 所有人都在奔赴冬天的路上	204 ‖ 隐入尘烟
179 ‖ 寒性食物	205 ‖ 晒被子
180 ‖ 祈祷无处不在	206 ‖ 蝙　蝠
181 ‖ 都是落叶	207 ‖ 打　坐
182 ‖ 霜　降	208 ‖ 做一只纯粹的鸟
183 ‖ 秋　意	209 ‖ 盛　夏
184 ‖ 秋　风	210 ‖ 父亲节的自画像
185 ‖ 华为小镇	212 ‖ 荷花展
187 ‖ 菜　谱	213 ‖ 禅　定
188 ‖ 走进山里	214 ‖ 雨　季
189 ‖ 蝴　蝶	215 ‖ 补　牙
190 ‖ 写　诗	216 ‖ 端午喝酒
191 ‖ 公园开放了	217 ‖ 与友人书
193 ‖ 中秋夜	219 ‖ 游东部华侨城
194 ‖ 中秋辞	220 ‖ 铁器时代
195 ‖ 生日诗	221 ‖ 解　封
197 ‖ 变形记	222 ‖ 日　出
198 ‖ 多余时光	223 ‖ 有时候想
199 ‖ 雨　天	224 ‖ 声　音
	225 ‖ 一只鸽子的失踪之谜

226 || 2最多的一天
227 || 七娘山的鹰
228 || 启　蒙
229 || 每个人都在标志自己
230 || 登梧桐山
231 || 翠竹亭
232 || 月光如水
233 || 万物并无恶意
234 || 午　后
236 || 洪　水
237 || 等你回来
239 || 捉一首诗
240 || 生　活
241 || 岁　月
242 || 写作业的女孩
243 || 五四遐想
244 || 麻　雀
245 || 祈祷辞
247 || 某个人
248 || 眼科医生
249 || 切尔诺贝利
250 || 沙漠女孩
251 || 南方的冬天
252 || 再　见

254 || 路　上

织金洞

石笋，石柱，石芽，石旗

这些与石头相关的物件

千奇百怪地陈列在洞中

以亿万年作为计量

营造一个地下世界

人间的悲欢离合在洞中上演

霸王盔，银雨树，夜明珠

广寒宫，万寿山，讲经堂

老者，稚童，佛陀，普贤

这些虚构之物

组成人类文明的元素

而被束缚的石狮石猴

不再思考自由

洞中有天庭也有地狱

如同地面上的三界

身在何处，取决于所走的路

2024 年 7 月 10 日于贵州织金县

时间的横截面

黄果树瀑布

一条平顺的河道
突然断开
流水跌下悬崖
在粉身碎骨之前
织成宽大的瀑布

每天成千上万的人
从各个地方在此汇集
看流水历经挫折后的奇迹
水雾扑在游人的脸上
如同夏日午后的亲吻
双方的清凉自心底升腾

白水河不停向下游流去
它制造的浪花和瀑布
供游人观看
从山头而下的人流瀑布
也供流水观看

2024 年 7 月 9 日于贵州安顺

红云金顶

在梵净山顶

长出一座石峰

高出地面近百米

四周陡峭,呈斧劈刀削

人往上爬,需借助铁链

每天都有人头尾相接

像竹节虫或者杂技叠罗汉

把人送到顶峰

顶峰被劈开两半

一边住释迦,一边住弥勒

中间天桥相连

站在峰顶,看世界皆小

风云变幻不定

不能预知未来

只有太阳从东到西循环

右边上来的人又从左边下去

2024 年 7 月 8 日于贵州江口县

时间的横截面

千户苗寨

这些被历史遗忘

躲进山里苟活的人

用吊脚楼和连片居住

让世界找到他们

依山傍水和重重叠叠的关系

正是人间所需

夜晚降临时从木房里露出的光

点亮人们心中每一盏灯

沿白水河而下，七座风雨桥

勾连来来往往的情事

一些人畅饮高山流水后醉卧桥头

任凭姑娘满身银饰叮当作响

月亮悬在天空巡游

把它的银色添加到旅拍者的脸上

当一切喧嚣沉寂

天亮后苗寨恢复原貌

灰黑色的瓦片承接阳光

苗民荷锄上山

游人乘车远去

  2024年7月6日于贵州西江苗寨

时间的横截面

纸　街

石板边缘生出青苔

狗卧在地上不吠叫

三角梅在屋檐下伸出花瓣

阳光用刀切割阁楼

把纸街切成明暗几块

制作花草纸的作坊里

没有发出声音

各种各样的花草纸堆在店铺

那些睡眠在纸上的花草

等着窗户，灯笼，扇面或信笺叫醒

此时它们的梦里有蝴蝶飞舞

如同堂屋里一个老人

端坐在松木椅子上闭目回忆

时间的横截面

三个孩子在街上玩耍

他们边跑边笑

竹马击打石板的声音

仿佛推了一下

纸街静止的时间

2024 年 7 月 6 日于贵州石桥村纸街

时间的横截面

小七孔桥

不能因为小就进行忽略

它渡牧童和老牛

渡阳伞下的情侣

渡寻找出路的游人

像一把梳子

将经过六十八跌的响水河水

梳理成宁静的湖面

阳光在上面涂色

荔波的山峦在此自我观照

2024 年 7 月 5 日于贵州荔波

碎片集

1

嘴角生了一个溃疡张口就疼
吃饭时我说"张开我的樱桃小口"
妻子道"那是樱桃变异了"

2

散步时一个男人挡在前面
排放出强劲的酒精尾气
陶醉我

3

上下旬月亮被地球挡住半边脸
我的一生被现实剃成阴阳头

时间的横截面

4

三个老妇人坐在门前晒太阳

她们的生活构成三角关系

5

冬天的阳光抛撒出诱饵

把人从暗黑的地方引出来

6

阳台上的花被人料理

它们的梦里场景

却是山野

7

旅行者一号发回地球的最后一串字符

与亲人弥留之时的一句嘟囔

一样难以解读

8

当人们谈论尘埃时

预设了自己的伟大

9

黑夜下的每一颗珍珠

都在寻找光明

10

悲号了一夜的鸟

把太阳从东方叫了出来

2024 年 6 月 20 日于深圳

时间的横截面

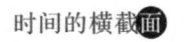

高铁上的父亲节

父亲节,我在高铁上

很多父亲都在高铁上

我们急急忙忙赶路

列车呼啸着一站也不停

风打在车身上,像儿时的耳光

一直打在脸上

父亲则往后退去,退到看不见

直到一个问候飘来

蒲公英似的,柔柔地降落在

这高速车厢里

外面的风一下子变得柔和

一切有了意义

如同小时候的你摸了我的脸

2024 年 6 月 16 日于石家庄到深圳的高铁上

驴肉火烧

你小小的身躯

从太行山的崎岖山路驮来柴火

眼被蒙住，口被罩住，拉磨磨岁月

原地转悠着漫长的生活

散落的麦子聚集一起磨成面粉

做成饼子烧烤成型

你被分解成驴肉驴鞭驴肝驴肺

煮卤以后剁成碎末

团结的粮食夹住你

整个华北平原与你融为一体

2024 年 6 月 15 日于保定

时间的横截面

滹沱河

从五台山来

带了佛意

散布到正定时，长出四塔

人依河而居

生产，念佛，游河景

幼童在湿地水潭捞鱼虾

老者置一壶茶独自打坐

金菊花与夕阳混为一体

燕子总是翩跹而舞

芦苇只遮住自己的影子

当古城的钟声响起

塔和人，夕阳和燕子

都在河水中一起晃动

2024年6月16日于石家庄

赛龙舟

几十万人围在河两岸

遮阳伞只是一个装饰

根本挡不住人们的热情

人头都往河里伸去

尽量找出一个空隙

可龙舟迟迟不来

如同潜龙在渊等待时机

期盼中一阵锣鼓响起

四只龙舟飞奔而来

在眼前一晃而过时

世界沸腾，人流涌动

此时天上的云也在聚集

层层叠叠的云团挤出水滴

啪啪啪打在龙舟上

不似往日的木鱼声

因为生灵都已虔诚

清静的河面成为道场

2024 年 6 月 11 日于深圳

时间的横截面

一街分治

沙头角中英街里

有一座铜质雕塑

标题为"一街分治"

界碑立在中间

一边是英国人

背着手,目视对方

一边是中国人

腰里别着手枪也目视对方

雕塑整体完好

只是那把手枪

被游人摸得金光发亮

特别醒目

2024年6月9日于深圳

中英街

这是深圳一条最小的街

不过二百五十米长四米宽

街面沙石水泥铺成

经过上百年的磨蚀

沙石露出白骨

黑夜来临时发出幽幽的光

一街分为两地

左边为深圳，店铺高大

右边为香港，店铺低矮

都卖免税货，揽客套路也一样

居民混杂，实行一国两制

走到通关处，才识别身份

街头立有界碑

每天对来客述说历史

那棵粗大的榕树

根系发达，树冠繁茂

倾侧街面遮阳避雨

古井则静卧树旁

装满往事

从中英街往东看去

时间的横截面

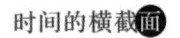

盐田港货轮整装待发

如同满载了书本的说书人

把这条街说给世界

2024 年 6 月 9 日于深圳

牯牛降遇雨

徽州皆水墨

牯牛降喜水

有四叠瀑布和多湾碧潭

水清见底，彩石与小鱼互戏

一只蝴蝶无所事事

静立凉亭梦庄周

若无雨滴击打水面

则心无涟漪

雨大之时我们退至古村农家

菜园青翠，各类蔬果繁茂

八旬老太看园

与我们闲聊耕读之事

时遥指黄山九华山

兴致浓处她手一挥

成就一幅徽派山居图

2024 年 6 月 6 日于池州牯牛降

时间的横截面

失 眠

世界都在沉睡,你却醒着

认清黑暗中许多事物

而在前方

你生命的黑夜正席卷而来

2024 年 5 月 29 日于深圳

落　款

孩子给她妈送了一束鲜花
落款处写着祝福

我的妈在老家后山上
遍地的山花簇拥着她
落款处是声声杜鹃

　　　　　　2024 年 5 月 13 日母亲节于深圳

时间的横截面

雨中南华寺

大雨滂沱

香客秉香祈愿

香烟在雨脚间穿行

无数的雨滴砸下来

浇湿无穷的欲念

大雄宝殿的四周

挂上水帘

那棵千年菩提树

底下盘根错节

枝干高过庙宇

拨开雨雾伸向虚无

2024 年 5 月 4 日于韶关

珠玑巷

鹅卵石铺就的地面

有的间隙里长了青苔

各种各样的石头簇拥着

多像百家姓的人头组成的历史

这些从中原迁来的人

原本没有根基

到这里被一根线串起来

勤劳，磨砺，被阳光照亮

沙水湖畔的千年古榕

背负了沉重的蛛网

在倒塌又重新站立起来后

皈依了岭南禅宗

那些泥砖垒造的低矮房舍

承载百姓的烟火和繁衍

在富丽堂皇的大姓宗祠夹缝里

静静藏住珠玑巷的故事

2024 年 5 月 3 日于韶关

时间的横截面

丹霞山

因红色地层地貌
便引来蓝色天空

因阴元石和阳元石
便引来男男女女

2024 年 5 月 5 日于韶关

云门寺

以云为门

容纳其空

后山的云雾早起

横卧山腰诵读早课

师父洗完脸

水无污迹

推开禅门

一只麻雀飞来

放生池里

鲤鱼乌龟已觉悟

一树玉兰开始开放

领先整片树林

2024年5月4日于韶关

时间的横截面

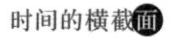

梅关古道

如果没有下雨

我在梅关古道会少过一关

雨滴溅散在石板路

开放出梅花的形状

使那些坚硬的石头有了柔软

如同客家人迁徙到岭南后

开枝散叶

我踩在光滑的石头上

比拟着无数的脚印

布鞋的，皮鞋的，草鞋的，光脚的

都在这些梅花熏制的石路上奔跑

如果我累了歇下来

会有人把我扶到队伍里

带我越过这风雨交加的关隘

2024 年 5 月 3 日于韶关

劳动节

这天我坐地铁

一股汗酸味围绕着我

那是我年轻时的味道

令我回味家乡

旁边坐了两个农民工

说土话,着迷彩服

好像要掩藏什么

2024 年 5 月 1 日于深圳

时间的横截面

柳 州

站到蟠龙山的蟠龙塔上

看柳州城

如同骑在龙头驾风而飞

柳江蜿蜒曲折

把整个柳州搂抱怀中

江边，无数钓竿伸出

钓鱼钓闲情

江中生出浪花者

有鱼，也有晨泳人

岸边的紫荆花沿绿道铺开

千年前的柳子厚踏歌而行

他把文章留在永州

身体却留在这里

从此柳江柳州柳宗元合而为一

后来到柳州的人

除了让螺蛳粉摊的女子醉迷

更被一条柳丝环绕

不愿离开

2024 年 4 月 25 日于柳州

谒柳侯祠

从永州到柳州

相距六百余里，穿潇水，过桂林

落脚柳江江畔时已至不惑

柳江在此曲成一壶

大有灌醉你之意

你却清醒，释放奴婢，兴教办学

驱散蟠龙山上的浓雾，开凿水井

在郊外开荒种柑

让一江清水有了甜度

当我于你的塑像前静立时

有鸟在老树上独鸣

细雨微蒙，罗池布满涟漪

我在柳柳阁饮一杯清茶

仰望天空，仅剩

千年前的那轮夜月

2024 年 4 月 25 日于柳州

时间的横截面

木棉花

那么大朵大朵地落在地上
赤裸的花瓣像一摊血

夕阳在天边徘徊
倒影在湖水里依恋不舍

春天以开闸放水的力量
释放出气息

我捡起一朵捂在胸前
填塞冬天拉开的伤口

2024 年 4 月 22 日于深圳

鸭子的哲学

动物里我对鸭子有所偏爱

它们踱步的神态

具有哲学家潜质

不管停步凝望

还是鸭嘴藏在翅膀里的睡姿

都有一种慢的优雅

不像天鹅

总是曲颈形成问号

探究烧脑的终极问题

鸭子的哲学是排队

生前排队去抢食

死后排队挂在烤鸭店

2024 年 4 月 22 日于深圳留仙洞

时间的横截面

喀什古城

前世遗落了一颗种子

我一直在寻找

沿叶尔羌河和塔什库尔干河

在石榴和杏花间

一张妩媚的脸时隐时现

直到走进古城里的巷道

见到一个老人坐在门前

守候一生的树荫

正在掩盖他

年轻时他的情人住在南崖高台

夕阳里四目南北对望

如今,快乐和忧伤刻进他的皱纹

像大漠里的河流一样干涸

我们互相打量后

他已经知道

我的爱情落在何方

2024 年 4 月 11 日于喀什至深圳航班上

盘龙古道

我们左转右转

压到龙头了

压到龙肚子了

压到龙尾了

坐在车里并不知道

站在高处的人

站在对面山上的人

看到一只虫子

穿过龙的五脏六腑

龙盘卧在山坡

被帕米尔高原束缚住

穿过龙身的我们

好像要飞起来

2024 年 4 月 8 日于喀什

时间的横截面

瓦罕走廊

风像一根根针

刺进我的神经

玄奘背着行囊从远处走来

穿过这宽阔的通道，仄逼的通道

白龙马跑过天际，在冰川上闪现

历史的风没有停歇

经书很沉重，被挤进洞窟

信众在荒漠记录和雕刻

学高僧终其一生做一件事

如今仍有人马从远方来

背负人的欲望

而我被阻隔在边界

让风一次次刺痛并摁倒

2024 年 4 月 8 日于塔城

锡提亚迷城

来到这里的人

每一个都是猜谜者

这些生土抟成的谜面

在炽烈的太阳下耀眼

窗台上废弃的车轮

立在门两旁的怪物崇拜

都成为追寻的线索

城堡里的锡提亚公主

在墙上倔强地观望

如同《大话西游》的紫霞仙子

城头上对着夕阳武士

我撞响了七次洪钟

仍没有解开面前的谜题

2024 年 4 月 11 日于喀什至深圳飞机上

时间的横截面

莎 车

去莎车，寻找王

叶尔羌王朝的宫殿仍然雄伟

阳光抚摸着琉璃砖不忍离去

夜色降临后

老街和格尔巴格街的烟火气

在各种小吃和吆喝中弥漫

王宫的高度矮了几分

十二木卡姆的乐声

在莎车古城墙上如怨如诉

长眠在王陵里的阿曼尼莎罕

不再对王演奏

文化中心舞台上

几个民间艺人抱琴演唱

伴舞的古丽不是王的宠妃

2024年4月11日于喀什至深圳飞机上

石头城

我走在石头上

这些无声而冷酷的物件

把一个王朝隐藏进内部

咀嚼,吞噬,不断从大风里抽出兵刃

对抗每一个来到这里的人

如果站立一刻钟

就会成为历史见证

那些土堆和石块,絮叨着曾经的繁华

玄奘讲经处,只留下一个指示牌

他的声音还在天空回荡

与大风一起形成涡旋

罩住光秃秃的旧迹

我选择了与塔吉克女孩合影

她们的美和笑靥把石头城照亮

沿着长长的廊道揳进历史

使塔什库尔干变成一只雄鹰

时间的横截面

翱翔在帕米尔高原

我这只来自低海拔的老鹰

同样得到洗礼

在石头城上飞越一圈

2024年4月11日于喀什至深圳飞机上

杏花村

在其如克同村的百年老屋前

塔吉克老人把门打开

仿佛打开了塔什库尔干河水

河水两岸的沙石山上寸草不生

所有的生物沿河繁衍

在这个方圆半里的村子里

有棵杏树老态龙钟

如同塔吉克老人

他们都有白色标志

一个满脸胡须

一个满树杏花

2024 年 4 月 7 日于塔县

时间的横截面

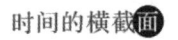

在慕士塔格冰川

亿万年前就在这里沉睡

没有什么能唤醒它

它闪耀着太阳的光亮

婴儿般晶莹剔透

高冷被深深锁藏住

我感到冷不仅仅因为抚摸过它

还有风和语言

从栈道上来

呼吸迎合着海拔高度

总是找不到自己的节奏

而一阵晕眩

也不仅仅是光晕的缘故

路边雪地里

一株小草从雪中伸出来

几片叶子已经枯萎

小草的梦也许在春天

如同冰川一样

等待唤醒

2024 年 4 月 6 日于塔城

时间的横截面

白沙湖

一镜到底的手法

让人目不暇接

我腾出一只眼

看浅蓝的天空

深蓝的湖水

白色的沙丘

以及作为背景的雪山

另一只眼

看牵牦牛的男人

他们向雪山跪着避寒

客人来时

兜售骑牦牛拍照

牦牛站在湖里

像一尊佛

渡背上的游客

2024 年 4 月 6 日于塔城

喀什阿瓦提乡桃花节

打拼音 THJ 出现了桃花劫

这里的桃花没被劫去

她们自由开放，红的，粉的

满树满树地占领

好像先占为王

就能与维吾尔族女子的脸蛋攀比

桃花节也是一个巴扎

外乡人把各种日用品拉来

沿着乡村公路摆放

高音喇叭里不断重复

已经过时的营销方式

手抓饭，拉条子和羊肉串还是本地最爱

孩子们操着标准的普通话

与商贩们讨价还价

警察笑脸相迎

维持秩序时也玩自拍

乡政府门口的招聘启事前

聚集了多人

时间的横截面

一个美女博主

正在进行汽车营销直播

太阳暖洋洋地挂在天上

催促着桃花放肆开放

不远处的桃林下

几个老人坐在地头

他们的沉默与树荫一样

脸上的沟壑里

藏着落花流水

2024 年 4 月 5 日于喀什

潮汕女子

夕阳挂在海岸

她们踏浪而来

水做的身体洁净而甘甜

随风一洒

风铃木的花便放肆开放

屋檐下

她们嫁接烟火

随便几种食材

可烹香这海陆之地

手精巧如梭

织出的彩虹落地为帐

帐内儿女绕膝

她们相视而笑

时间的横截面

她们的老公

在工夫茶的咕嘟声里

谈天说地

一壶多杯

里面分装了温柔和乡愁

2024 年 3 月 21 日于汕头

喇叭花

攀附在树上的喇叭花

有着暖心的颜色

白色的底被浅蓝色覆盖

风吹来时

随树叶一起摆动

作为藤蔓植物

它向上达到的高度

由树决定

它的喇叭朝向虚空

它的身骨被宿命缠绕

它所在的山道

经常有送葬队伍

唢呐吹得呜呜咽咽

2024 年 3 月 16 日于深圳

时间的横截面

无法自拔

阳光倾斜着

从冬日的窗户探进卧室

床上人的侧影

走入古典油画

茶壶与茶杯并立

山泉细水长流

每个春天，蝴蝶应约而至

桃花张开它柔软的蕊

我陷落这人间美好

无法自拔

苍穹外，有一个声音

总在呼唤

2024 年 3 月 7 日于深圳

三 月

万物开始生发

树枝头上冒出的新芽

在寒风中战战兢兢

心里却藏着轰轰烈烈的繁茂

簕杜鹃深知寒冷交替

自顾在南国开放出艳丽

路上满是枯枝枯叶

它们没有熬过严冬

与庞大的活物分离

也许有一些忧伤

如同我的一个老朋友

静静地走向另一个世界

当听到这个消息时

我把二月封存在冬天

时间的横截面

世事总是轮回更替

雨水从大海来

最终回归大海

三月也是

来自去年的三月

2024 年 3 月 2 日于深圳

2月24日

今年的2月24日

是中国农历正月十五

家家户户欢度元宵节

吃汤圆挂灯笼

在遥远的北方

冰雪覆盖

有人在祈祷团圆

2024年2月24日于深圳

时间的横截面

一朵黄花

一朵黄花在黑夜中开放

凝固的空气里

散发出淡淡清香

他的骨头已埋入地下

萤火虫围绕着寻找方向

北方凛冽的风一直吹

土地上的血印坚硬无比

一只乌鸦呱呱叫个不停

飞起来铺开了浓厚的阴影

黄花为这个单一的世界点缀

用尽了它整个的生命

2024 年 2 月 19 日于深圳

百合花

春节期间

度假外出一周

家里的百合正含苞待放

回来后

花开得正艳

香气弥漫

这个神秘生物

独居一室孤芳自赏

也不管主人的意愿

黄灿灿的醒目

把黑夜开成白天

2024 年 2 月 16 日于深圳

时间的横截面

新加坡

不需要辽阔的版图
只要能装下繁荣和幸福
装下人心和尊严
弹丸之地足矣
不学刺猬样武装自己
开放和包容，自由和法治
就是强大的武器

这个世界不怕小
怕太大

2024 年 2 月 12 日于新加坡

马六甲的涛声

入住马六甲,可以去听涛声

涛声里有六百年前的旧梦

穿着明朝服饰的汉人在街上溜达

脚步的节奏呈正方形

不急不慢沿着中庸之道走

丝绸和瓷器档口聚集了人群

他们听出了脚步的声音

如同他们的香料余香

在东方大国的舌根下收藏

码头前帆船云集,桅杆如林

来自东西方的商贾

在此饮茶喝酒,讨价还价

好像从来没有战争

好像没有后来的圣保罗教堂

荷兰红屋和维多利亚女皇喷泉

大炮对梦境的粉碎易如反掌

那些对准房屋对准土著的枪炮

重新造就了一个马六甲

时间的横截面

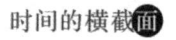

累累白骨堆积的口岸重新变得繁荣

历史的烟云随着季风吹过又重来

马六甲海峡如同地球咽喉

我走向它时怕触碰到敏感神经

这里正吐纳着东西方文明

而涛声变得越来越沉重

似乎通道受到挤压

作为千里之外的过客

我听出了喉结滑动的声音

2024 年 2 月 13 日于马来西亚

购 物

旅行时

导游口吐莲花

又口吐蛇芯

进珠宝店后

我会躲在某个角落

与我躲在一起的一个老兄

闲聊对妻子购物的看法

我既不赞成也不反对

因为没有决定权

如果有发言权

我会说

经济不好请理性消费

2024 年 2 月 14 日于马来西亚

时间的横截面

除 夕

时辰到

我们敬拜祖先

神龛上青烟袅袅

唤来了列祖列宗

他们依次出现

黑压压望不到尽头

最后的祖宗没有来

他正在每个人身体里奔跑

包括战争双方的政客和士兵

在这个团圆之日

他奔跑的姿势

如同在非洲大草原

草原上血红夕阳

正徐徐下沉

穿过一个黑夜后

轮回到新的一天

2024 年 2 月 10 日于深圳

蒲　葵

长于山野

或抱团或散立

风来时，叶片相互推搡叩击

发出沙沙举报声

树干矮短，无大材之用

叶片可做蒲扇

当人经过，亮出后背

有一道清晰的扇形印痕

仿佛在说

从这里下手

        2024 年 2 月 7 日于深圳

时间的横截面

花　市

那些笑脸

都在画布上隐现

卖花的人

摆进设定的场景

吆喝声如同江河水

它们载舟也覆舟

而蓝色的大海

从黑暗深处析出泡沫

开放出的浪花

泛滥在花市上

观众都是鱼

用鳃呼吸后

洋溢着乐观向上的氛围

2024 年 2 月 3 日于深圳

紫花风铃木

为什么选择紫色

为什么开放在寒冷的冬天

这些都是问题

当它要敲响什么

你看它微颤的花瓣

如同小孩抓住的糖果

如同刚刚听到的噩耗

热血冷却

化为紫色的凝结

在寒冷的冬天

那些标新立异者

那些不合时宜者

稀疏地站立着

瑟瑟发抖，逐渐枯萎

2024 年 1 月 30 日于深圳

时间的横截面

寒冬来临

天气阴郁，寒冬来临
有人听着忧伤的歌
北方在堆雪人
他们把口红涂在脸颊
现出妖冶模样
南方的风铃木
美化着这个季节
开放出的紫色花朵
渲染着火红

蚁穴旁，一队蚂蚁整齐有序
它们抬着一片蝴蝶的翅膀
那片翅膀曾扇动过风暴
寒冬的风暴藏在地下
这句话在一本书上看到

2024年1月22日于深圳

和 平

此和平为一地名

老妇坐在门口晒太阳

大槐树上几只麻雀跳来跳去

母鸡悠闲觅食

狗卧在道中眯缝着眼

集市空荡

一切迹象没有异样,显示出

祥和与平静

九连山起伏

鱼潭江边的宗祠祖训映出红色

几个人急急走进乡间山路

如同几粒枪子

砰的一声,射进时代的腹部

2024 年 1 月 18 日于河源市和平县九连小延安景区

时间的横截面

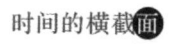

坐在冬天的阳台上

我坐在冬天的阳台上

阳光倾泻而下

音乐响起

有无数的人在奔跑

海水泛滥,他们出埃及

我无意坐观这种景象

因为北方正在结冰

北方也在燃烧大火

我常常沉迷于这人间

当阳光照在冬天的阳台

我把头枕在手上

一边享受着神的馈赠

一边不敢思考

怕上帝笑话

2024 年 1 月 15 日午后于深圳

走在曾经的泡沫里

金威啤酒厂原址

被改造为艺术街区

原来酿酒的厂房

分布了一些钢球装置

镜面一样的球

把你的形象全部收纳

高矮胖瘦都有

是你所有的人生

啤酒罐并排耸立

白色森林里小径蜿蜒

你进入罐体内部

走在曾经的泡沫里

暂住证，通行证和股票证

在啤酒花上漂浮

罗湖桥和东门老街不断变幻

时间的横截面

看到九十年代

你不会惊讶于人们摩肩接踵

正如不会惊讶于现在

这片土地上累累的建筑

2024 年 1 月 14 日于深圳

看　鸟

据说今年候鸟特别多

我到达深圳湾时

一群鸟正浮在水面

褐色的身子如同鸭子

也不飞翔

悠闲地随波逐流

不远处是另一群

飞起来如同片片大雪

这群白色的鸟

可能每天做白色的梦

飞翔的姿势像在跳芭蕾

岸上是密密麻麻的人头

都是来看鸟的

有人偷偷抛撒鸟食

引来鸟群争抢

这些投喂的年轻人

过段时间会经历春运

一只鸟站立在礁石旁

时间的横截面

时不时回头望我一眼

当我们对视时

太阳正骑在跨海大桥上

它无动于衷地看着

这幅人鸟构成的画面

2024 年 1 月 10 日于深圳湾公园

用青春的方式

看到你们

看到满树雏鸟

羽毛渐趋丰满

有的张开翅膀

飞在了蓝天

看到这些青春的脸

看到青春

用青春的方式

在大地上写出人字

        2024 年 1 月 5 日于深圳

时间的横截面

迎新者

与往年一样
元旦我去登山
路上一个老者挡在前面
我选择另一条路
弗罗斯特选择的那条路
这条路人迹较少
枯叶铺满路面
踩在枯叶上发出的沙沙声
是枯萎后的日子
对我作出的回响
鸟鸣是不管节日的
它们对应的是天理
向东边看去,满眼被阳光模糊
留下西边的蔚蓝和澄明

在山顶,我与清洁工交流
他们打扫落叶
刚刚扫掉,马上又落下一些

他们试图整理自然秩序

如同白云试图调整天空

在他们和落叶，天空和白云间

作为迎新者，我是一个过客

2024 年 1 月 1 日于深圳

作 别

2023年

以老友聚会而作别

聚会散后

我一人走在风里

前几天还凛冽的风

此时蕴含了温馨

这一年怀抱过期望

这一年如对情人

我把热情奉献出来

现在要与它作别

情理之中有些伤感

我立在风中

任凭风吹拂头发

这些黑白相间的聚集物

自知无力冲冠

便随风起伏，陷入凌乱

2023年12月31日于深圳

参观养老院

买了一个保险

保险公司带我们参观养老院

养老院里的房型

有单人和双人间

满足不同需求

失忆人房间不能放镜子

怕他在镜子里找不到自己

怀旧室有上下铺,床头挂军用水壶

在那个年代的布景里

老年人在这里玩过家家

活动室有人在活动

他们穿得花花绿绿

在工作人员的带领下

唱歌跳舞

我走过他们身边

变成他们中的一员

时间的横截面

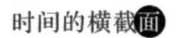

时光把我们往回拉去

越变越小

从中学，小学到幼儿园

最后钻进母亲的身体

2023 年 12 月 31 日于深圳大鹏

时间的空隙

2023 年最后一个工作日

我去监考

在我的注视下

学生低头答题

教室外物质拥挤

三座高楼山一样虚幻在湖中

冬日的阳光不分种类

抚摸每一张仰望的脸

人们按部就班

行走在时间序列里

而在拐角处，一个骑车之人

倏地穿过时间的空隙

2023 年 12 月 29 日于深圳

时间的横截面

飘　雪

没有雪的城市

我们造雪

如同丢失信念后

重新树立偶像

这些年轻人聚集在一起

雪花飘在他们头上

装饰着浪漫的梦

他们美丽，善良，温和

爱好和平

他们拍照，拥吻

用激情点燃夜晚

在这个没有冬天和雪橇的南方

铃儿响叮当的曲子依然悦耳

如果我还年轻

也会混进人流里

跟身边的人再爱一场

2023 年 12 月 25 日于深圳

今天需要写一首诗

阳光太好

蓝色的天空没有被寒流覆盖

山依然青绿

水里的鱼儿欢快游动

小鸟也在飞翔

瀑布挂在悬崖，飞流直下

满山的响声里有人的呼唤

村头的小庙香火袅袅

大狗懒散地躺在佛门入口

风车转动它固有的节律

行使着时间的象征

一个白发老头望着远方

饱含希望的眼里少了浑浊

他同万物一样受到感召

摆好了姿态

等待神的降临

2023 年 12 月 24 日于增城

时间的横截面

泡温泉

露天温泉

人们半裸着身子

在各种温度的池子里泡

模拟从鱼进化到人的过程

同时试验温水蒸煮人体

不同的药池有不同的功效

轮番地进进出出

希望补充缺失的部分

在杜仲池,我一直不动

一个美女也在里面

我们之间的介质

从空气变为

带有硫黄味的温水

2023 年 12 月 23 日于增城

天空下的地球

从飞在高空的飞机上往下看

大地露出一个个伤口

有的刚刚切开

发出苍苍的白

大多为灰黑色，结了厚薄不一的痂

一些痂又被撕开

它会疼吗

闷闷的雷声从地底传来

然后是乌云翻滚

既是哭泣，也是洗涤创伤

那些如蚁般的人类蠕动在地面

他们挖掘，往江河排放遗弃物

终其一生在这颗星球上挖掘或移动

"修理地球"是一句调侃

也是哲学命题

当在高空飞翔时

穿过乌云后的明亮

是人神向往的境地

2023 年 12 月 21 日于深圳

时间的横截面

食物链

单身老王

失业后经常去钓鱼

一次,他钓到一条十斤重的花鲢

当他按住那白白的、光溜溜的身子时

一道闪电袭来

他和花鲢都变成了炭黑色

2023 年 12 月 15 日于深圳

乌云下的蜻蜓

——致远洋先生

小时候行走在山路上打尖

把担负的木柴放在一旁歇一歇

那是盛夏,不时来些风雨

蜻蜓总是在乌云密布时

在空中翻飞

群山静默,只有蜻蜓的翅膀映出

云缝里的光亮

这些小小的生灵

有时停在我的木柴上

似乎向我启示某种示谕

"蜻蜓飞得低,出门带蓑衣"

如今老了,木柴的火已经暗淡

蜻蜓也不多见

中午休息时,浏览朋友圈

时间的横截面

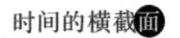

在空空的网络中

看到先生推送的文章

让我想到小时候

想到蜻蜓翻飞的疲倦

2023 年 12 月 9 日于深圳

回母校

我看到三十年前的那个青年

正在林荫道上独步前行

他的左边是体育场

右边是自海边吹来的风

把雪松和柏树的叶子一遍遍抚摸

他从邮箱取信于人

从主楼的教室里出来向西山走去

那些饱含着海蛎子味的空气

穿过他的胸腔

扑灭逐渐升起的荷尔蒙念想

他消失在人海茫茫的食堂时

我差点与一个大学生撞个满怀

这个学生穿了厚厚的羽绒服

看着手机

如同我一样沉迷在虚拟世界

似乎在看他三十年后的今天

2023 年 12 月 2 日于大连理工大学

时间的横截面

猪

上班路上

一辆满载着肥猪的货车

夹在拥挤的车流中

货车有上下两层

猪们固定在每个格子里

安静地享受着乘车的乐趣

它们不时向外观望

看那些被称为人的动物

圈在小小的车厢里

被运往职场

2023 年 12 月 2 日于深圳

倒　影

如果要看到向下生长的你

可以来到水边

不仅你向下生长

万物都在向下生长

这时，你分不清

哪一个是真实的自己

哪一个是虚构的

当风吹过

高楼和桥开始摇晃

你也折叠起来

藏进现实

2023 年 11 月 26 日于深圳

时间的横截面

鹅

昂首游弋在池塘

这个人造之地

是一方岁月静好处所

尽管它的远方在目光所及之内

诗却是它抵御怜惜的利器

它把影子留在身边

头却转向虚无

万古神谕从它的咕咕声里漏出

锦鲤只是释义的过客

当水与天接为一体

它的游弋是一种祭祀仪式

2023 年 11 月 24 日于深圳留仙洞

夜游濠河

到了南通

有些事情必须做

例如吃西亭脆饼,看张謇故居

夜游濠河

夜晚来临,长江入海口北部

会闪出一道光亮

是濠河里游船的灯光

映照出南通古城的脸

她高傲而温柔

那串挂在脖颈上的项链

是她的信物

沿着东南西北数一遍

每一颗珠子都放出光芒

画舫里

我自顾看河两岸的美景

河水皱出的一层层波纹

正沿着我的身体

漫延到邻座

她的绸缎旗袍

时间的横截面

有一样的起伏
她只用一个侧面
换取了我如水的夜色

2023 年 11 月 18 日于南通

光　影

一切都是光的缘故

如果从东边来

会骑上一匹天马

降落时，有一根拴马柱

入座下来

可以饮茶饮酒

再看人间的饮食男女

在西边，一条廊桥

注定永远孤独

那些网状的往事

都在试图逃逸

一艘艘往返的船舶从旁经过

承载的多少心酸

正被流逝的江水吞没

      2023 年 11 月 17 日于南通

时间的横截面

码　头

码头的形状

大多像伸开的手掌

跑码头的人

逃不出命运的五指山

岸桥和塔吊

是一群得道高僧

它们静立着念五洲四海的经

为葬身鱼腹的水手超度

那些通过巴拿马和苏伊士运河的轮船

经过标准化和规制的检验后

如同老实巴交的维京人

在龙门架上自挂绳索

了断一段风花雪月

只有那些绕过好望角的巨轮

把自由度不断膨胀

以至于码头不得不扩大胸怀

容纳全球人的欲望

时间的横截面

入夜以后

从高空往下看

海岸线上点缀了一团团磷火

这些不眠灯

发自码头的骨头

引导从苦海里游向彼岸的人

2023 年 11 月 17 日于上海港

时间的横截面

智能时代有些东西还难以改变

展览馆内

参展企业的名字里

都有数字、智能或智慧的字眼

人类正在用聪明

找到解放人身体的替代品

展览开始前

一支队伍走过来

拥护着一个人

他走在最前头

威严地把其他人丢在后面

紧跟着的人步伐整齐而凌乱

2023 年 11 月 16 日于上海国际会展中心

遇 见

这深秋的午后

太阳仍然炽烈，影子走在前头

坚硬地敲打路面

一条青蛇沿路边滑过

蜿蜒着身子，如同走上红地毯

它的王在草丛某处

正在做冬季的梦

其他的事物井然有序

除了天空的空

她的突然出现是个意外

惊扰了树上的鸟

在她回眸的瞬间

衣裙舞动，从卷曲的发丝上

生出一股风

我身上的枯叶

便纷纷飘落

2023 年 11 月 5 日于深圳留仙洞

时间的横截面

深　秋

山林里众鸟还在鸣唱

树叶却雪片般飘落

秋已很深了

一队蚂蚁在石缝边

搬运食物

不远处，离队的一只

左右环顾

寻找去路

2023 年 10 月 27 日于翠竹山

行为艺术

一个留着长须的老汉

开着超级跑车

在争分夺秒的上班高峰路上

慢慢地遛着他的车

一边看邻道的车从他身边经过

一边看邻座的美女

在后视镜里化妆

2023 年 10 月 26 日于深圳

时间的横截面

重阳节登山

重阳节登山，宜两人

攀缘处，可互为拐杖

此时晚霞开放如盛大的菊花

我摘几朵为你做成花冠

你拾几片投进我的酒坛

菊花酒浓烈

溢香于江湖

醉了的我，总是以路为笔

把直线走成曲折

再往上，是光明顶

有人在舞剑，有人甩出水袖

揽住了半月

2023 年重阳节于翠竹山

霜降辞

天高水长树漠然

地广人稀蝉入眠

不知枯池何所依

遥寄蒹葭当花冠

那年初识荷池边

亭亭玉立眼顾盼

历经朔风和南雨

放手空山两相宽

2023 年 10 月 22 日于深圳

时间的横截面

大 理

如果一个地方能调理紊乱的生活

那里必有湖水，佛塔和自由秩序

湖水清澈，海菜花应时开放

海鸥从万里之外飞来

寻短暂安身之所

湖中有岛，岛民打鱼为生

男女鱼水相欢，踏歌而行

佛塔不必多，可有三座

蕴唐宋风范，镇邪恶之气

呈三足鼎立之势，看往来风花雪月

风吹就吹不为俗媚

花开花谢顺应自然规则

大雪飘飞只因水汽轮回

明月高挂成就旅人思绪

我捡起一片落叶

投入洱海，微微惊起涟漪

如同崇圣寺的钟声

在心里回响

2023 年 10 月 11 日于大理

石　林

又隔了十年来看你

我已两鬓斑白

初遇时白云和我一样年轻

我像麋鹿一样在你身间穿行

你不言语

十年后再次相见

白云变成乌云

雨滴打在你身上

雾气笼罩着你

中年的我只驻足片刻

你不言语

现在我坐上电瓶车

沿着内环路

在凝望的阿诗玛像前

看湖水里倒映的蓝天

你不言语

保持着你的冷漠和坚硬

2023 年 10 月 6 日于昆明石林

时间的横截面

逛大芬油画村

这里全是色彩

大块的，小块的

在村里的每个角落流淌

形形色色的游客

被色彩和线条迷惑

如同走进万花筒

找不到出路

艺术是商品

绘画是流水线

复制和创造分辨不清

大师和徒弟经常错位

凡·高的向日葵燃烧出金色的火焰

蒙娜丽莎的微笑里隐藏着狡黠

这里是世界油画集散地

每个人既是艺术家也是商人

各种肤色的人穿梭在街头巷尾

如同探险者寻找宝藏

时间的横截面

不到两平方米的工作间里

画工在画布上涂抹色彩

那是中世纪宫廷场景

舞女正在跳跃旋转

门前突然一声鸣笛

画工丈夫送外卖回来

他的手里

提着一个盒饭

2023年10月1日于大芬油画村

时间的横截面

农民工

扶手电梯上
站了一个农民工
他衣服上标记的劳务二字
是他的身份
也是他的骄傲
他双手撑住下行电梯扶手
如同农忙时靠在一棵大树上休憩
腾出的一只脚悠闲晃动
好像世界已被他镇住
手臂肌肉粗暴,能搓出一条麻绳
刚好可以把他的家
和这个时代拴在一起

2023 年 9 月 27 日于深圳

中秋节前的扁月亮

中秋节前几天的一个晚上
阳台上的花草静默如常
月亮高挂，像一把镰刀
俯视着芸芸众生
长春花四季开花，不知疼痛
月光流过之处
渗出白色的血液
高楼里万家灯火
窗口漏出的光亮
与月光混合
一户人家正在用餐
桌上摆上了供果
旁边的香炉忽明忽暗
缕缕香烟袅袅升腾
几天之后
饥饿的扁月将会被喂饱

2023 年 9 月 25 日于深圳

时间的横截面

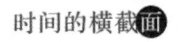

奥本海默

他用才华,理智,正义和复仇

在阿拉莫戈多抟制出一个个怪物

从他心里释放出来

开放出蘑菇云样的恶之花

在人类上空盘旋

而他在接受安全性审判时

坐在角落,如一件弃物

也如一个死神

此时,他担心铁栅栏是否严密

心锁是否锈蚀

后来的几十年里

怪物以他为食

把这个越过上帝的造物者

慢慢啃食干净

再等另一个造物者重新出现

2023 年 9 月 5 日于深圳看完《奥本海默》电影后

等待"苏拉"

我们都知道

有一场台风要来

此时,路上行人稀稀落落

他们匆忙的脚步

敲响了寂静的街道

高楼旁的吊塔不再转动

发动机已经停歇

超市里的货架露出本来面目

承载的花花绿绿生活

不知去向

初秋的小雨还在洗涤酷暑

点点滴滴消费着曾经的激情

也如潜入人间的隐者

打探未来的消息

一个环卫工推着车

捡拾小区里飘落的树叶

阳台上的长春花微微晃动

头伸向外面想看发生的一切

2023年9月1日于深圳台风"苏拉"来临前

时间的横截面

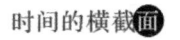

周庄听雨

周庄因为两个人而众所皆知

一个是古代商贾

一个是现代画家

商贾靠水路和智慧发财

画家靠灵感和乡愁扬名

来周庄的人

并非为富

也并非为画

我的家乡不知名

是平常不过的山野

那里出产青冈木和石灰石

我生来软弱

不敢碰坚硬之物

来到周庄,适合听雨

那滴答滴答的雨水

如从身体里抽出的骨头

不断敲打着时间

我在二楼倚窗凝望

时间的横截面

看雨滴在河面上制造涟漪

一圈一圈扩散

如同穿旗袍的女子

在寂静的街巷经过

2023 年 8 月 19 日于周庄

时间的横截面

南京路

南京路向西连着人民广场

人民广场旁边立着人民政府

南京路向东到达外滩

外滩两边立着金融机构

那些高耸入云的建筑

能接触到上层寒冷的气候

有时一股寒流袭来

南京路会打寒战

人流总是拥向外滩

那里有通向海洋的黄浦江

人民公园内只留下一些老人

他们着急地为子女相亲

和平饭店处于中立

在中间保持静默

2023 年 8 月 19 日于上海

魔都的夜

魔都的夜是一江水

里面的鱼儿各自寻找归宿

地铁和公交车扇动着鳍

驮着年轻人向陆家嘴和外滩游动

他们的梦是魔幻的

如同东方明珠塔上的灯光

南京路上的鱼群

显然被致幻剂激活

涌动，停滞，被红绿灯信号牵动

我刚刚与上海男人喝酒

他已放下精致和细微

和我一起唱歌和吼叫

把他残留在身体里的魔力

通过喝三杯酒的方式逼出来

如果不是年纪大了

我们会混进潮流

成为两条鲇鱼

2023 年 8 月 19 日于上海

时间的横截面

地铁一瞥

列车没有停止

车厢里的人大多闭目

或做梦或掩饰

睁眼的人看着手机屏幕

里面信息如流水一样灌进眼里

只有一人没看手机

他面色凝重

若有所思又若无所思

偶尔看看身边的人

如同非洲大草原的狮子

黄昏时回望夕阳

列车没有停止

但每个人心里

有自己的目的地

2023 年 8 月 16 日于上海

迪士尼乐园的诱惑

人类需要幻觉

如同狗需要骨棒

幻觉总是使人亢奋

譬如华尔街

譬如万里长城

来到迪士尼乐园

每个项目排两小时队

汗如雨下，晕眩与体味混杂

浸泡在荷尔蒙里的孩子们

每一个都有公主和王子的梦

国王在高高的城堡里

看着一拨拨人来

一拨拨人去

看着他们

重复既定的路线和虚构

2023 年 8 月 16 日于上海

时间的横截面

乌龙山大峡谷叙事

先前这里叫火岩

壁立千尺,突出的岩石

被东来的阳光一照,发出火焰般的色彩

山下被两边高山一夹,挤出一条河沟

河两岸竹木繁茂,遮天蔽日

后来这里叫乌龙山大峡谷

源于一个作家的影视作品

叫火岩时,我在这里砍柴

挑柴过卡门,翻过山回到家

有两次,我的柴刀被守山员没收

砍的柴也被扣下

我对这里埋下了少年的怨恨

叫乌龙山大峡谷时

我来这里旅游避暑

沿着皮渡河逆流而行

熟悉的蝉鸣响彻山谷,久违的斑鸠

从身边突然飞起

风洞里吹出的凉风不断冷却心事

我停住，坐下来与岩壁对望

下河掬一捧水，找回上游召市河的印记

这些水曾经钻进泌水洞，在弯弯曲曲的黑暗里

经过挣扎和咆哮，跌宕进皮渡河后

变得婉约起来

此时，一只月亮搁在天边

硕大通透，在不舍的游移里

被太阳照耀，逐渐融进蓝天

落入山的另一面

        2023年8月4日于湘西龙山

时间的横截面

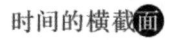

竹叶尖上的露珠

竹叶尖上的露珠

晶莹光亮，挑起一个小小的世界

阳光穿过它不作停留

野猫的影子倏忽而过

它见证着早醒人的脚步

通透了周围的原貌

它是如此之小

如同一滴眼泪

如同我微弱的思想

承载不了宏大的事物

只要轻轻摇动竹竿

这些露珠，连同几颗鸟鸣

就会从竹叶上滚落下来

2023 年 7 月 6 日于翠竹山

阳光穿透一切

早晨的翠竹山被阳光笼罩

万物都在苏醒

练健身操的大妈动作整齐划一

她们的影子重叠后又分开

山顶上有几个老人把自己挂在树上

伸腿伸腰恍惚成了狒狒

苍蝇的翅膀泛出光亮

偶尔从眼前飞过

叽叽喳喳的鸟鸣是一种惊喜

报告着昨晚的故事

竹木始终静默,除了被风带动

享受着千古的孤独

石板上,一只蚂蚁急急赶路

忽略掉被阳光穿透的一切

2023 年 6 月 29 日于翠竹山

时间的横截面

天 问

端午节的晚上

天上挂着一个巨大的问号

千百年来,人们试着解答

从各个学科,甚至岩石学

终其一生寻找答案

直至弯下腰来

自身变成一个问号

一些答案才在泥土里长出

2023 年 6 月 23 日于深圳

洋紫荆

教室外面种植了一排洋紫荆

苍翠浓郁，高及窗台

风来时，整个树冠都在晃动

叶片闲适而随意

在夏日的阳光下自由起舞

是欢呼也是在造梦

不久之后

它们身上会开出艳丽的紫荆花

而舞蹈着的影子

是一只只蝴蝶

飞到教室内，扑到那些

年轻的脸上

2023 年 6 月 20 日于深圳留仙洞

时间的横截面

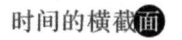

父亲们

父系社会像一条长长的隧道

父亲们排着队走过

他们携带的种子在黑暗中发芽

蕴含着光和古老的训诫

他们善于打造高台和篱笆

高台用于祭祀

篱笆用于阻隔外人和野兽

但往往篱笆边会开出细微的小花

如同女人的手

在整理男人留下的残局时

仍然婉约有致

在父亲节

父亲们坐上高台

接受天下子女的供奉

而第二天

他们走下神坛

拜倒在石榴裙下

2023 年 6 月 20 日于深圳

雨 后

雨停歇后，带走了它的喧嚣

山里剩下本地居民

树木抖落雨滴，发出沙沙声

各种鸟呼唤着同伴，彼此应答

野猫不知从哪里钻了出来

疑惑地看我

我只是一个过路人

因有人刚刚离开

留下了空阔的路

2023 年 6 月 15 日于翠竹山

时间的横截面

世间少了一个老顽童
——悼黄永玉

你走了,湘西的吊脚楼晃动了一下

酉水河的竹排暂时靠岸

浪荡汉子们也有了相思

那个背负酒坛的酒鬼顿时茫然

在王村和乌龙山溶洞里大醉

只有天门山和八面山静默

它们排着队迎接

你走了,荷花孤独起来

一只蜻蜓飞过去陪伴

两个影子落在荷花池

猴哥从邮票里跳出

逃回了它的花果山

所有的画中物

还原到来处

包括含着烟斗的老头

你走了，世间少了一个老顽童

这个世界不好笑了

如同土家族的西兰卡普

用简单的颜色

织成一个单调的世界

而好玩的东西

被你藏了起来

         2023 年 6 月 14 日于深圳

时间的横截面

珠江月夜

我还能说什么
这宽阔的江面,波光粼粼凸显出光晕
月亮在江面上空
像一个孤独的老人,只是无限地变大
甚至露出里面的瑕疵
把爱源源不断地铺展
在江面有夜游船通行,人们翘首观望
如同婴儿渴望母乳
这个硕大的乳房,喂养了千百年来的人

我无话可说
只是怔怔地看着月亮
偶尔飞过月亮的飞机遮挡了一部分
看着江面上的波纹,波纹下面的鱼
看着游船穿过桥洞,船上面的流光溢彩
看着江边行走或驻足的人

时间的横截面

他们小如蚂蚁

成群或单个

在月亮和珠江之间

努力布置人间景象

2023年6月5日于广州

时间的横截面

初　夏

走进山里，我摘下口罩

天空聚集了足够热量

阴郁里风被拘留

只有夏蝉劲头十足

簕杜鹃和鸳鸯茉莉剩下残片

我拂过龙船花的脸

手心沁出了汗珠

鸟穿行在竹林，背诵着《定风波》

猫趴在地上，再翻一个身

这个小小山头

生活着无数的生物

我与它们一样，小口呼吸着

好像没有什么事情发生

2023 年 5 月 22 日于翠竹山

地铁瞎想

1

地铁吞噬了的人
在另一个地方重新出现
如同历史上的一个事件
消失多年后
在某个时间点再次重复

2

穿行在地下
锉出一条光道
把黑暗压到更下层

3

蚯蚓和蚂蚁住的地方
人类向里面钻
是因为地上太逼仄

时间的横截面

4

往地下挖

不仅仅是为了考古

5

坐在地铁里的人

在灯光聚集处被抛撒出去

2023 年 5 月 22 日于深圳

喊　妈

羡慕别人有喊妈的自由

我的自由二十三年前被剥夺了

偶尔在梦里轻轻喊

有时回答了，有时无声

每年到母亲节

我让女儿替我

对她妈妈多喊几声

2023 年 5 月 14 日母亲节于深圳

时间的横截面

烧 烤

来自最古老的饮食方式

没有鼎釜承载,直接接受烟火浸入

于是街角巷口有了烟火味

油脂食物都发出呲呲声

像是在颂扬主人的恩泽

蔬菜类默不作声

为自己一身清瘦而羞愧

炉边的人黑着脸

对所有食物一视同仁

只有食客挑肥拣瘦

烤串和啤酒不断下肚

摊边上演人间喜剧

小时候的烧烤是一种梦境

伙伴从家里偷出腊肉

我们在田野里拾柴生火

当油烟升腾

当黑黢黢的肉进入口里

天暗下来

父母的声音在头上飘过

多年后吃烧烤喝多时

这个梦就会回来

2023 年 5 月 4 日于深圳

时间的横截面

盐洲岛观鸟

一大片红树林

它们不与陆地上的树争抢领地

在海水中立足,成为海的居民

这与海边渔民何其相似

渔民驾一条渔船

风雨一生

海是他们的起点也是归宿

那些白鹭点缀在这片海

与红树林相伴

粉饰渔民的梦

偶尔上观鸟台,渔民便成为王

看着起起落落的鸟

和那些不动的红树林

有一种胸怀天下之感

尽管妻子呼唤该下海了

还是一只手叉腰一只手挥动

时间的横截面

我一个外来人

比不顺从的鸟还陌生

站在鸟和渔民中间

成为第三者

2023 年 5 月 3 日于惠州盐洲岛

时间的横截面

盐洲岛捕鱼

一条小渔船

两个船工,一老一少

把我们带到海湾

红树林茂密和白鹭栖息的地方

一定有某种神秘性

一些鱼从水中跳出来

与白鹭比较它们的白色

太阳下画出的弧形

将这个孤立的岛柔美起来

船工开始布网

沿着船尾滑出的水痕

让渔网潜伏下来

船再掉头,用一根棍子击入水中

制造恐怖声音,引起鱼儿窜逃

然后收起渔网,上面挂满了鱼的裸体

此时太阳耀眼

从渔网看过去

太阳也挂在渔网上

2023 年 5 月 2 日于惠州盐洲岛

时间的横截面

深圳湾公园

一百年前,这里是一片滩涂
枯树枝横卧里螃蟹横行

五十年前,这里是逃港的一个下水之地
海面上时常漂浮着羽毛和夕阳的血

二十年前,红棉和紫荆花在两边竞相开放
海边栈道才合乎时宜

当红树林的根须在海底扩展
无数触角幻化出绚丽的天空
飞机在头顶掠过
跨海大桥像一条彩虹

这些条形物与不断长出的高楼纵横交错
画面在现代派里逐步形成

众多的水鸟已养成习惯

落在树顶与树底的人相互观望

人们总是布满草坪与海滩

在每一个舒适的词语里

荒废和续写生命

2023 年 4 月 30 日于深圳湾公园

时间的横截面

进 山

从繁杂的人事和物欲中抽离出来
每次进山,寻低微之物
青蛙和春虫开始鸣叫
与它们对话,要放慢脚步
它们居于方寸沟渠和狭小石缝
过短暂的一辈子
仅以傍晚的微弱鼓噪
让人感知它们的生命

"路过的人哪
你忙碌的一生又为了什么"

2023 年 4 月 25 日于翠竹山

日全食

据说二十一世纪罕见天象刚刚发生

月亮挡在太阳和地球之间

出现了贝利珠、钻石环、日珥等奇观

月亮作为第三者

常常制造浪漫

而遮蔽太阳的何止月亮

当乌云密布，黑暗像铁一样压满天空

那年在神农架，被浓雾裹住

你在两米外，我感知不到

我们如同离开了现代的野人

现在你在远方

正把记忆和真相之光一缕一缕拽出

2023 年 4 月 20 日于深圳

时间的横截面

神 迹

教学楼与树林组成的空间，充盈着雾气
来自遥远的光穿越过往
带着某种信息，播撒着种子
在琅琅读书声里发芽

三只鸟前后尾随，呈现布朗运动轨迹
歌声和翅膀描绘的早晨
与凤凰木巨大的花朵
一起构建红火的春天

一个园丁推着工具车
顶着太阳，神一样
从光线的瀑布中走来

2023 年 4 月 16 日于深圳留仙洞

打鼾五重奏

1

打鼾的人

高调如公鸡

进入黑暗后

用鼾声向世界宣布

他还活着

2

作为一名勇士

当黑暗来临

他把鼾声作为武器

刺进黑暗

时间的横截面

3

有忍耐力的
除了妻子
还有他们的门窗

4

春雷滚动之前
他的雷已响彻人间

5

是一种催人清醒的方式

2023 年 4 月 12 日于深圳

腐植酸铵

小时候

为生产队积肥

挖一种叫腐植酸铵的黑色泥土

我们去到悬崖边

或者去到天坑里

专门找那些人迹罕至的地方

黑色泥土有一种芬芳的气味

由树叶树枝曾经的生命堆积而成

2023 年 4 月 6 日于深圳

时间的横截面

白花开满山坡

清明前夕

白花开满山坡

油桐树连成一片

被白色包裹

行孝的子孙在山里挂青

椿树上的杜鹃声音嘶哑

细雨漫无目的，手持丝绢

覆盖落下来的白花

父母的坟前

两棵苍翠的松柏越长越高

他们的后面

满山都是油桐花

这白茫茫的山野

为他们擦洗

生前遭受的污垢

2023 年 4 月 4 日于深圳

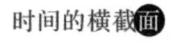

竹 林

在翠竹山公园的竹林里
有人在拍摄茶道表演
模特衣着飘逸,面容静美
摄影师指挥她摆放各种姿势
优雅,从容,闲散,慵懒
这些词从我脑海里跳出来

恍惚中魏晋七贤出现
袒胸露怀,席地而坐
烹茶煮酒,低吟长啸
纵论儒道分野,也谈稻粱之事
口若悬河者举杯邀酒
沉默不语者低头续茶
有野猫立于山头,对此若有所悟
只有丑石愚顽
保持着洪荒以来的模样

时间的横截面

忽然一阵风吹来

众人不见踪影

独留我与几棵光溜溜的湘妃竹

相互顾盼

2023 年 3 月 21 日于翠竹山

游 神

在南方地区，仍保留着游神风俗

放鞭炮和烟花，敲锣打鼓，乐队也上场

把众神从神龛上请下来

巡游人间

有的神面目狰狞，有的神憨态可掬

那个身高丈二的神头上闪耀着光亮

黑夜行走时可作为灯塔

坐在轿子里的神好像还在睡觉

眯缝着眼不看周遭

有衙役与跟班紧跟前后

又似乎是大神在班师回朝

最兴奋的是孩子，他们使劲喊口号

没有参与角色的人前后跑动

两个手执锣槌的鸣锣开道

一时走错了方向

老人和妇女也没闲着，烧香烧纸

游行持续一段时间，扮大神的人累了

队伍会停下来

时间的横截面

另一个人接上,钻进神像躯壳里
大神再次走动起来
而抬轿的青年中途换肩
把轿中的神放下又抬起

2023 年 3 月 18 日于福州

视 角

在海边看日出

太阳从大海的子宫里分娩出来

湿淋淋,粉嘟嘟

如同小时候看到的母牛下崽

牛犊落地后挣扎站立

太阳一出来就光芒四射

把海面镀成金色

在山顶看日出

太阳从远方的地底长出来

像一棵树或者草

春天一到就长大长高

小时候总爱爬上山顶

望日出外面的世界

城市的日出

是从高楼上来的

看到时已强大到眼睛不能直视

天坑和井里的日出也是日落

都发生在正午

时间的横截面

如你所知

太阳离地球很远

地球上任何地方看到的

都是同一个太阳

而角度，塑造了不同

2023 年 3 月 5 日于深圳

夕 阳

夕阳最后看了一眼

它曾经眷顾过的世界

毫不迟疑地消失了

此时，万物仍在光明的阴影里

有些迫不及待地收藏起锋芒

那些晃眼的刀脊，愤怒的鱼鳍

以及遍及池塘的山火

都在往回收缩

我立于山顶，开始下山

我将进入另一个世界

所有的人和事都是模糊的

你不能猜到你遇到的是哪路神仙

尽管它们打着鲜明的旗号

我只有把脚踏实

避免掉进坑里

孤独如夕阳一样，在黑暗中消失

2023 年 3 月 5 日于翠竹山

时间的横截面

枯树苑

午后,我走进山里

万物静默,除了耳语的风

在林间游荡,除了一只鸟的啁啾

跟在我的后面

它们似乎怕我走失,在不断提醒路标

在我路过的地方有一截枯树苑

根茎深深扎进泥土

身子仍保留着对抗的姿势

上半身被锯掉

不知去向

2023 年 3 月 1 日于翠竹山

春 天

我把几片茶叶泡进水杯

它们舒展开来,好像唤醒了春天

春天多好

蜜蜂钻进花蕊,一边吃糖一边赏花

鸳鸯游弋湖面,互相磨蹭嬉闹

新芽从树枝头冒出

急切地占领空间

我捧着茶杯,在菩提树下坐下

如同捧着《金刚经》

等着众佛光临

         2023 年 2 月 22 日于深圳

时间的横截面

海上世界

一条船,拉来一个世界
明华轮,停在陆地上
船上的人却下了海
它的周围,繁华和创新
如同春天到来后的百花
在这个几平方公里的地方竞相开放
当船顶上的四个字在夜晚放出光芒
人们仰望着它
也仰望着题字的人

我围绕碧涛苑走一圈
寻找二十年前午饭后遛弯的感觉
那些别墅还在,对面的新时代广场还在
棕榈树仍然挺立着,直指天空
酒吧里飘出来的香水味
仍然令人遐想和兴奋
我像一个远去归来的人
大口呼吸着这里沉醉的空气

时间的横截面

一个老外骑着自行车

沿太子路来回行驶

他是不是也与我一样

在对过去的生活进行追寻

2023 年 2 月 6 日于深圳蛇口

时间的横截面

海边断章

1

在大海的手掌里
没有什么不会被摩挲圆滑

2

地球是一只锅
里面盛满待煮沸的水

3

海浪织出白色花边
让爱美者总想着试穿

时间的横截面

4

大海日夜不断地叹息

是为了让上帝听到人间的声音

5

那个人刚刚挺立着

下一秒被浪花摁倒

6

沙滩上留下的足迹

不过是人类刻画的历史

7

大海的翻腾,是不是

被海边建筑压住了尾巴

2023 年 1 月 25 日于深圳

时间的横截面

新年伊始，我坐在公园的长椅上

游人一群群走过

我是一个旁观者，守住一段时间的横截面

几棵榕树立在身旁，最大的那棵

气根茂密，如胡须一样垂下

我们之间形成的对峙

被我捻须的动作化解

头上的白云俯瞰一切

一丝微风揭开了所有隐秘

我与榕树都在消磨时光

它以静默的方式与时间拔河

我只伸一个懒腰

身上的盔甲纷纷掉落

2023 年 1 月 22 日于深圳莲花山公园

人　生

蜘蛛织了一张网

网住了猎物

也网住了自己

2023 年 1 月 20 日于深圳

时间的横截面

年夜饭

为了这一餐饭,熬过了春夏秋冬

熬过了谎言的疼痛和萎靡

深信一顿饭可以解决所有问题

如同用一个真理

行走每条泥泞道路

今年的年夜饭是女儿主厨

我把理政的权力交给她

让她调配酸甜苦辣

这是一次历史性换届

上一次,我的母亲在火堆旁

看着我把糍粑烤熟

之后我走向了远方

始终走不远,有家在

有一顿年夜饭等待

2023年1月20日除夕于深圳

将自己的身体建成一座水库

我将自己的身体建成一座水库

引来黄河水，长江水，湘江水，珠江水

让不同的水体和谐共存

而地火在石缝和骨骼间蔓延

要把这满库的水煮沸

如果投以红糖生姜和葱段

熬制出的是一锅靓汤

水和火是一对辩证法

水能灭火，火能使水升华

它们总是纠缠在一起

演绎一个词：水深火热

地火终将熄灭，我的水库也将波光潋滟

亲爱的，你可以泛舟水面

抚琴或垂钓

2022 年 12 月 25 日于深圳

时间的横截面

阳 记

阳与阴对应

有得道，充盈，表现的含义

与诡计，空虚，隐藏不同

它是在太阳下办事

例如今天早上，阳光直射客厅

我吃两个馒头，一块腐乳，一个鸡蛋，一杯牛奶

它们实实在在，物质属性明显

我不必考虑用语录和口号充饥

发热，头疼，声音嘶哑，心率加快

这些青春期症状让我重新走一回

把一个半百的身体，注入滚烫的灵魂

这些小淘气，像玩泥巴的孩子

在你身上撒泼打滚，你就是一个水坑

一块平地，一处山洼

从山野中来，又回归山野

你把信念置于头顶，上面有神的启示

生命是自己的，归个人支配

如同所有喧嚣都是暂时的，最后归于沉寂

2022年12月23日于深圳

等

该来的一定会来

你泡了一壶茶,慢慢啜饮

喃喃自语里有花香飘至

偶尔起立,倚门凝望

想象着可能的到来方式

如果春风拂面,将赠以柳丝

如果夏雨滂沱,将赠以荷叶

如果秋霜高挂,将赠以落红

如果冬雪覆盖,将赠以冰心

此时,太阳从东往西运行

窗外的鸟鸣不是赞歌

或者你温一壶老酒

邀隐士对饮

喝到他把城府流泻一地

掐算到来的日子

时间的横截面

不管是乘七彩祥云而来

还是蜷缩着身子偶遇

你都会轻轻唤道:

来,先喝一杯

2022 年 12 月 22 日 于深圳

苦

除了甜,我们还追寻苦味

苦瓜,苦笋,春菜,芹菜

它们的苦可嚼后回甘

茶的苦在道上酝酿,与风雨合谋

酒的苦只对清醒者,三巡过后云开雾散

小时候拒不吃药,母亲用竹条抽我

那头老黄牛偷吃庄稼,我用树枝抽它

最后,我们都把苦往肚里吞去

2022 年 12 月 22 日 于深圳

时间的横截面

躲

小时候玩躲猫猫是一场游戏

长大后躲在别人身后是为了生存

现在我们躲着奥密克戎

这个希腊字母

蕴涵其无穷小的特质

在人类宏大的历史光照下

隐藏在人性里

2022 年 12 月 16 日 于深圳

喜欢这样的天气

阳光普照

即便萎缩在大树下的几根青草

也在迎头分享着叶缝中漏下的光亮

天空基调是蓝色，一些白云点缀其间

建筑物发出耀眼的光芒，鸟鸣在空中滑过

拖出一段段的弧线

与微风和树枝一起进行构图

在这个大雪的节气

一幅冬天晴日画

悬挂在人间的期盼里

2022 年 12 月 7 日于深圳

时间的横截面

万物都有兴衰

入冬，林木萧瑟

卷曲的叶子如卖唱的歌手

孤零零在街头飘摇

夕阳西下，倚在树枝上的余晖

做最后的染色

一只蚊蝇从耳边飞过

没有发出一点声响

世界如此沉寂，时间在慢慢吞噬

核酸采集点，蓝白相间的大棚内

有稀稀拉拉的几个人

他们好像遗失在隔离栏边的线头

缝补着曾经的蛇形

亲爱的，不必忧伤

万物都有兴衰

2022 年 12 月 5 日于深圳

重上莲花山

二十年后,我再次来到山顶

簕杜鹃漫山遍野奋力开放

老人的步伐还是那么坚定

他面向南方,充满自信

此时晚霞满天,要渲染出一片祥和

森林般的高楼镀上金辉

俯身向老人致敬

再往南是香港,晚霞火焰般燃烧

山下孩子们天真地跑动,嬉戏,放风筝

放飞出去的是理想,自由,恣意,悠然

2022年12月4日于深圳莲花山公园

时间的横截面

菊花展

不看别人眼色

时间到了就绽放

凝露珠和白霜,化为肉身

这些高洁之物,在公园里铺展开来

任游人观看,抚摸,合影

展示出的各种颜色和形状

描摹着这个世界的美和曲折

时间久了,一些花瓣低垂散开

如同做了错事的孩子

我只想摘一朵白菊,佩在胸前

或者抛向天空

那里有泪水滴答滴答落下

2022 年 11 月 27 日于深圳

翠竹公园赋

辟为公园前,这块土包叫大头岭

喜长樟木和相思树

樟木驱蚊,相思树相思

从这里前去两公里,是深圳湾

可去香港,直达南洋

得名翠竹公园后

引竹类上百种,从世界各地来

这里气候温润,适宜万物生长

再改山道,筑凉亭,绘墙画

楹联对仗,皆修身养性之辞

石凳横卧,为琴棋书画之乐

闲时进山,有凤尾竹招手

饭后散步,有茉莉花拂袖

一条水泥路揽住山腰

跑步者,恋爱者,冥思者

各得其所

海拔一百五十米山顶,可观天象,更可观人间

山下高楼林立,入夜一片火海

时间的横截面

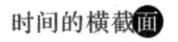

周边喧嚣，独此山静穆，竹影清瘦

向西看去，天地开阔

右边是康宁医院，左边是人民医院

在它们中间，留有一条出路

         2022 年 11 月 22 日于翠竹山

与一杯清茶的对话

我:

时间穿过你,留下你们共同塑造的形状

高低不平,错落有致的叶片

如堆积的伤痕,在结痂的时间上开出花

你当然只是一个个体

并不代表所有的流逝

太阳穿过你的身体

在地面上形成的阴影,晶莹的,透着一种神秘性

那些幽暗的物质,悬在半空中仍不停歇的歌唱

正好与你的咏叹调形成和声

在这个冬天的早晨

在我没有把自己打开的魔幻般的时光里

注视着你,如同注视我自己

茶:

你慵懒的腰,支撑一个圆形的世界

那些打磨过的边缘留下过多的瑕疵

把你的本真暴露出来

如同一滴水珠挂在房檐,折射出房屋的重量

你向往的无为与清净,在我这里都是徒劳

时间的横截面

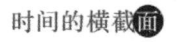

我只是一杯水,不必赋予其他意义
里面的几片叶子无非是自然留下的痕迹
我们开始对话时,时间已改变了我们

我:
我开始的想法,从你这里
只想找到遁入自然的捷径
你的无形包容了所有,可方可圆,可空可盈
好像从山上走来的一位隐士
我渴望遇到的隐士

茶:
你的影子出卖了你,你喜欢光亮
在你的血液里,藏着无数喧嚣的战士
山川只是一个避难所
火种在峡谷里始终不灭

我:
你进入我,会有纵横沟壑
在你跌宕下的深渊里,只有幽暗的通道
你会飞翔吗,会从幽谷里开出一朵莲花吗
所有的路都没有出路
你进入的只是一个梦

时间的横截面

茶：
我进入你，并非体验幽暗
我用山川的灵气锻造了一把剑
你看到了吗，那些闪光的精灵
在杯子里跳舞的精灵
在通往光明的路上，她们是如此的欢快
在一切都是定数的前提下
我进入你，就是成为你

我：
时间的河流裹挟着泥沙
去往大海
我会在海边造一间木屋等着你
现在，冬日的上午，我手捧茶杯
握住自己

2022 年 11 月 19 日于深圳

西湖龙井

百度上说，喝龙井茶注水时

要凤凰三点头

我的手粗糙笨拙

抓住的水壶，没有点头

倒像老牛喝水

头埋下去，就不停歇

直到水溢出茶杯

杯里茶叶竖起，如同一群幼崽

嗷嗷待哺着，等着母凤凰飞来

在绿色的茶汤里，我看到

金山寺被铁锁锁住

法海在西湖岸边挖井筑墙

然后哼着越剧小调款款走过

        2022 年 11 月 10 日于深圳

吃 鱼

午餐时吃鱼

是几条扁扁的泥猛

这些以藻类为食的小动物

信奉着随遇而安

躺在我的餐盘里

不动声色,静静地做梦

它们也许猜想

当我吞下它们,进入胃里

那里也是一片海洋

不仅有各种食材

还可以波涛翻滚

2022 年 11 月 9 日 于深圳

时间的横截面

隐　士

深秋了，风昼夜不停

站在山顶的竹林已倾斜

它们朝向一个方向，好像要冲锋的样子

竹叶沙沙作响，起伏摇摆的竹梢

敲打着天空，试图敲出一个隐士

进驻翠竹山

风从山下吹到山顶，又从山顶下行

经过的地方

石头也发出声音

飘落的菊花打底

沿路被失败者装饰

野猫充当守望者

在山间漫步或者跳跃

天逐渐暗淡，一个人的背影

从夕阳里长出来

2022 年 11 月 3 日于翠竹山

所有人都在奔赴冬天的路上

阳光很好,普照大地

温暖的地面适合匆忙的脚步

所有人都在奔赴冬天的路上

秋天用金黄和橙色列队

路边堆满石头,像一支支路标

这些石头坚硬而充实

鹰在头上盘旋,搜寻掉队者

土地裂开了缝隙,张开着嘴

风不分昼夜鼓吹着

天空藏起了它的唇语

连绵看不到边的长队,被一根

绳索串起来

婴儿的哭闹和羊的咩咩

与喇叭里的叫喊不协调

但全部汇进这宏阔的潮流

漫过田野,山岗,高速路,灌木丛

人们头向前伸出,行李压着身体

缓慢而坚定的位移,伴随着喘息

时间的横截面

迷雾般的眼神在晚霞的映照下

出现了一些亮色

急走或跪爬

把身体往前送去

去往冬天

冬天是雪的世界

纯洁，单调，且易于虚化

2022 年 11 月 1 日于深圳

寒性食物

又到了螃蟹上市的季节

这些水中横行的桀骜不驯之物

或清蒸,或香辣烹调

须佐以红糖姜茶祛除寒性

好蟹者称其为时令美食

如若谁要吃我

当裹棉被,生大火,喝 75 度白酒

因为我的体内

酷暑六月都下着大雪

2022 年 10 月 28 日于深圳

时间的横截面

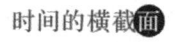

祈祷无处不在

时间整点,坐在椅子端头的妇人

在她的包里摸索

然后拿出一个小小的白色十字架

警惕地向周边乘客扫了一眼

转过身,面对不锈钢扶手

在自己的身上画十字

戴的口罩严实,遮住了"阿门"声

此时,地铁快速前行

广播播报

下一站可换乘去光明

2022 年 10 月 26 日于深圳

都是落叶

深秋了，秋风一直不停

乔木上的叶子注定要落光

现在，它们推搡着

身边有同伴脱落，幸存者侥幸地拍手

那些掉在地上的叶子

形状有长条形、圆形，甚至心形

不久就发黄发枯

踩在上面，会发出吱吱声

它们一部分没入泥土

一部分拿来引燃柴火

2022 年 10 月 24 日于翠竹山

时间的横截面

霜 降

霜降日的山野

水汽凝为固体,亮出它的硬度

秋虫蛰伏起来,失去先前的喧闹

偶尔有几声鸟鸣滑过林间

不过在寻找回忆

夕阳不舍西下,有回光返照

一只黑猫在石板上静坐

如同入定的活佛

山下,正是人间收获季节

刀叉准备好

蟹膏已肥

2022 年 10 月 23 日霜降日于翠竹山

秋 意

十月，温暖的南方

秋意也爬上了树枝

黄叶或红叶挣脱最后的挽留

发出沙沙声，在天地之间飘落

风在林间穿行，扇动狗尾草

举起旗帜投降

菊花在进行无谓的抵抗

留下满地残局

只有桂花依然浓郁

山野弥漫着一种温馨

一个人走在山脊

单瘦的身影，如同一片竹叶

此时夕阳西下

与人刚好平行

2022 年 10 月 18 日于翠竹山

时间的横截面

秋　风

秋风是入殓师,摘去世间无用之物

那些躺在地上的落叶与枯枝

如同被命运抛下的残骸骨殖

它们没有呻吟,没有反抗

散乱而随便

像极了一群乌合之众

忧愁与月亮不为秋风所动

夜晚来临

一个在天空惨白独行

一个在地上山一样暗黑矗立

2022 年 10 月 11 日于翠竹山

华为小镇

在松山湖,占地一千九百亩

把欧洲的一些地名借来,用红色小火车

串起十二颗珍珠

牛津,温德米尔,卢森堡,布鲁日

弗里堡,勃艮第,维罗纳,巴黎

格拉纳达,博洛尼亚,海德尔堡,克伦诺夫

每一个地名是一段历史

每一段历史是人类一次理性挣扎

当夜晚来临,从城堡和塔楼里发出的光亮

如同穿过中世纪黑暗隧道里的文明之火

耀眼而让人沉迷

草地上的花和树,一块块,一簇簇

修饰整齐,保持一种美的秩序

爬山虎和不知名的藤蔓恣意铺展

却越不过高过天际的墙壁

在转角处,在花丛中,众多女神

或拥抱鲜花和葡萄,或凝神观望和沉思

用美和智慧,守护这片丛林

哥特式尖顶直探云霄,巴洛克式的曲面

宛若溪水自由流淌

时间的横截面

湖面的倒影与停在空中的半月

被飞过的银色飞机刻画

一座座桥梁,一条条水路

蜿蜒的山径与铁轨

连接起来,彼此浸润

在华为小镇,在地球村

我的是你的,你的也是我的

2022 年 10 月 6 日于东莞松山湖

菜　谱

有红烧排骨，有宫保鸡丁

有芝士牛扒，有清蒸鲈鱼

有素炒莴笋丝，有蒜蓉空心菜

有卤味拼盘，有杂粮煎包

我们坐在旋转餐厅里

像一只只寄居蟹

农历上旬的月亮是一把斩骨刀

挂在秋天的空中，明晃晃地

泛出寒光

2022 年 10 月 4 日于深圳

时间的横截面

走进山里

走进山里,放慢脚步

聆听草丛里虫子的鸣唱

它们不厌其烦地发声

在讴歌什么,在呼唤什么

只有心弦共振时可以听见

鸟飞来飞去,姿势如此安详

落脚的地方就是寓所

花草不需要迎驾,万物有自己的归宿

夕阳也不必崇拜,辉煌的巨轮自有轮回

一个女孩在路边正逗花猫

她对猫说话,仿佛与闺密私语

我停下脚步,往周围望去

此时世界平和如初

2022 年 9 月 26 日于翠竹山

蝴 蝶

从楼上看去，湖边的长椅上

坐了一对情侣

他们拿出食品互喂对方，好像

这世界只有他们两人

不知道有人在楼上凝望他们

不知道那人正心情抑郁

拿出一叠纸，折成纸蝴蝶

紫荆花树上没有花，停满了蝴蝶

距离花开还有几十个日子

这些蝴蝶样的叶子占好位置，等待着

随时飞起来

2022 年 9 月 26 日于深圳留仙洞

时间的横截面

写 诗

一场风雨过后,地上铺满落叶

这多像走失的词句

我把它们归拢,分类,用于焚烧

竹叶做火引,灌木叶做铺垫

乔木叶做主柴

当烟火升起,人间便有了温度

最后我把自己也投进火里

在这个凛冽的隆冬

致敬远去的落日

2022 年 9 月 19 日于深圳

公园开放了

公园开放了,这个消息是从

测核酸处得到的

入夜,我上山去

秋虫在路边叽叽叽唱鸣

竹林与树林并立,相安无事

月光与路灯的光亮混合在一起

都在为我指明道路

蝙蝠在头上飞来飞去

刻画一段不确定的历史

见到这些老朋友

我有些难为情

于是疾步向前,把口罩捂得更严实

猫咪明显瘦了

有几只正在吃路人投喂的猫食

我靠近,它们不跑开

对望时我发现,它们的眼睛里

时间的横截面

多了疑惑和悲悯

只有一只黑猫，远远地蹲坐在

一块石板上

像一团黑夜，孤独地思考着

2022 年 9 月 15 日于翠竹山

中秋夜

中秋夜，月光朦胧

翠竹公园西广场

人流如潮

扫码，亮出绿色

走进安排好的队伍

一个盲人拄着盲杖

笃笃笃敲打地面

离核酸采样点还有几米路程

穿 T 恤的小伙走上去

扶住他往前走

此时月亮亮起来

像有人拉了开关

2022 年 9 月 10 日于翠竹山

时间的横截面

中秋辞

月亮在天上不走的时候

有人正在草垛上望着它

满天空的星辰像一粒粒图钉

钉进黑暗，把月亮挤出来

云丝总想结网

秋蝉的声线兜着夜寒

月亮丢下云梯，但没人往上爬

人们只是把饼做成月的形状

仰望它，赞美它

回头忙活着人间烟火

喝酒，划拳，儿女情长

那年中秋，我睡在打谷场

父亲用被子盖住我被月光抚摸的身子

此时的月亮

把它的光辉，洒进我的阳台

2022 年 9 月 10 日于深圳

生日诗

1

当我敲打着电脑键盘

噼里啪啦的声音,如同走过的脚步

秋天已经来临,万物都已成熟

发光的和不发光的事物,都在酝酿着酒汁

阳光是一副催情剂,从春天开始孕育

我的脚步因此有些醉态

不仅仅是我辜负过的人

那些飞过我头上的鸟,爬在我脚边的虫子

摇曳的小花,和弥漫着清新气味的野草

我没有吻过他们,而他们填满了我的虚空

白云变换着形态,招揽所有的归宿

如果放逐人间,以某种时点的神秘性

表演悲欢离合

当我敲打着电脑键盘,写下生日诗

世界已安排妥帖

蛋糕和鲜花列队而出

许多人列队而出

我握着他们的手,如同捏住了一只只苹果

时间的横截面

咬下去,开始了我漫长的赎罪

2

今年的生日,农历与阳历是同一天
在月亮尚未圆满之时,我重新降临

这次,没有哇哇大哭
胞衣是一片海,蓝色取代了红色

母亲仍用她满是老茧的手抚摸我
她在天堂,在高处凝视我

她的阵痛来自我五十多年的漂泊
一路泥泞,留下蚯蚓爬过的痕迹

如同体内的火,在黑暗中燃烧
一次次融化完成一次次蜕变,母亲一直沉默

今天,我重新在海边临盆
身上挂满了盐霜

2022 年 9 月 8 日于深圳

变形记

格里高尔变成昆虫的时候

阳光正打在凤凰木裂开的果实上

一队蚂蚁从天边游来,穿了金黄的铠甲

领头的喊着号子,穿过密集的光束

好像天宫的士兵下凡

果实的黏液往地上流淌,冲刷出

一条壕沟

格里高尔深陷进去

上面的无数只细脚摇摆舞蹈

我在人间

泡了一壶茶,坐等股市开盘

已经习惯 K 线图长出刀子

小区物业的吆喝随风而至

闸口像一堵城墙,上面开满爬山虎

我试图爬过去,又跌落下来

伤痕累累受茶水滋润,正变得日益葱绿

2022 年 9 月 6 日于深圳

时间的横截面

多余时光

上午做完了事

下午继续做另外的事情

中间多余了三个多小时

在购物商城的公共休息区

戴头盔的美团外卖员

年轻的打工人，学生，流浪者

他们有的看手机视频

有的歪着头打盹

多出的这段时光

像一截没有被割掉的阑尾

2022 年 8 月 22 日于深圳

雨　天

雨下个不停，好像有用不完的水

这个不公平的世界

干旱正在地球的某些地方发生

你还在睡觉，有睡不完的觉

我蹑手蹑脚起床

接续残梦留下的情节

2022 年 8 月 13 日于深圳

时间的横截面

并非虚构

昨晚做梦，参与发掘古墓

剥开泥土和岩石包裹着的棺椁

露出蝉衣般的布片和完整的衣裳

整个背景灰暗

有人仰天测算

揭示万物的道理

那些飘浮在宇宙的星辰

如同错落有致的悬棺

都隐含着万世之谜

墓地旁，人们成群结队前行

此时一个高僧走来

口未张开，身后余音袅袅

2022 年 8 月 13 日于深圳

做　梦

我在尽力收集素材

春天，青草，流水，爱情

变换的云朵，裙子，笑靥

还有我们对视的眼睛

我把这些准备好

放入夜晚，放在枕边

趁你香甜睡去时，投放进梦里

2022 年 8 月 9 日于深圳

时间的横截面

水 秀

烟花绚丽，水光十色

水雾做背景，光影演绎故事

一个人在台上，台下是捧场的人

台上的人声嘶力竭

台下群情激动，呼喊声，拍掌声

我看着这一幕

突然冒出一个假设

电源一断

将是怎样的情景

2022 年 8 月 7 日立秋日于深圳

摩天大楼

这些人造之物

直达天际

每一幢都是一个象征

从地底长出来

是一部奋斗史或强国梦

当夜晚来临，霓虹在周身迷离

仿佛体内迸发的熔浆

在钢筋水泥的骨骼里燃烧

而太阳升起，光亮涂上表面

目之所及皆为恍惚与醉态

只有大雨之后

万物肃穆，世界晦涩

人们走进楼层

作为教堂，与上帝进行对话

2022 年 7 月 24 日于深圳

时间的横截面

隐入尘烟

——观电影《隐入尘烟》有感

一季一季的麦子和苞谷

从土里长出来

又离开土地

每一个轮回

如同驴子拉磨

时间被卷曲,空间被压缩

一场雨或者一个对白

都是对生活底色的漂洗

那些慢悠悠升腾起来的执念

与跌入陷阱里嗷嗷待哺的欲望

在荒芜的残垣上相互转换

当太阳像一块抹布

擦拭掉落在玻璃上的尘埃

望向天空,除了无垠的蓝

就是几朵云烟

2022 年 7 月 24 日于深圳

晒被子

楼顶宏阔,白云恣意轻浮

阳光射出的光束晃眼

两个男人拿出自家的被子

在东西两头各自忙碌

抖开,挂上绳索,用夹子夹紧

好似一幅田园春耕图

男人架轭扶犁

翻开厚泥,露出底色

被子下的气息混合着太阳味

增强了楼顶的荷尔蒙

沿绳索看去,一排排秩序

旗帜飘扬

都在宣示自己的领地

2022 年 7 月 21 日于深圳

时间的横截面

蝙 蝠

穿上夜行服，隐现于光影里

与万物不协调

喜欢昼伏夜出

倒挂身体于悬崖，于阴湿的洞穴

不仰望星空，认为没有意义

只注视着大地上的移动物

选择可以捕捉的对象

对于人类，它们不愿为伍

人类喜欢光明

却模仿它们在暗处成事

2022 年 7 月 21 日于深圳

打　坐

地铁里乘客稀稀落落

你静坐在长椅上

微闭双目

两手拈住莲花

如吐纳在终南山山顶

风云从心里飘过

车轮的隆隆声驻留胸中

又渐渐消失

时间弯曲成圆弧

每个乘客都有自己的目的地

从你身旁疏离的

是水面上的浮沫

你坐成一只钟

录下历史的嘀嗒声

2022 年 7 月 21 日于深圳

时间的横截面

做一只纯粹的鸟

我把鞋和袜子脱掉

光脚走路

脚掌接触到大地的时候

心里一紧

从地下传来一股电流

快速击穿了全身

我像原始人一样

奔跑起来

石头和泥作为铺垫

让身体升腾,如一只鸟

发出一声声欢鸣

这时,我想把衣服全部脱掉

让风流过每一个毛孔

灌溉出茂密的羽毛

还想脱掉戴在脑子里的思想

长出一双能飞翔的翅膀

做一只纯粹的鸟

不被文明的烙印镇压

2022 年 6 月 30 日于深圳

盛 夏

蝉虫又叫了起来,满山都是

如同音箱置于山顶

鸟在林间穿梭,箭一样射来射去

竹子仍频频点头

好像在允诺当世的誓言

微风从草尖上掠过

对着树叶不断眨眼

空气里弥漫了山野的气息

百草的气味混杂在一起

似乎在给我煎制身体所需

2022 年 6 月 20 日于翠竹山

时间的横截面

父亲节的自画像

我要替女儿写写她的父亲

那个胡子拉碴不修边幅的老头

那个爬山必要登顶的蛮汉

那个蹲下身看蚂蚁走路并帮忙搭桥的人

他脸上好像总是挂着忧愁

似乎这个世界与他过不去

他喜欢一个人外出,喜欢在异乡寻找乡音

他木讷,内向,不会随机应变

遇到喜欢的人和事不善于表达

他懒惰,吃饭后不愿洗碗

睡觉打呼噜,扰民扰邻而不自知

经常惹别人不高兴

坚持有理走遍天下而不退让

他年过半百还不成熟

看影视剧会笑或者会哭

今天是父亲节，女儿来信问候

看他那乐不可支的样子

极像一个活宝

2022 年 6 月 19 日于深圳

时间的横截面

荷花展

走进花展,才知道

荷花有那么多种类

但都离不开水,离不开泥

这与人一样

不同的是

人从非洲出来后,只形成两类

更加不同的是

当黑夜降临

荷花举着火炬

试着把人心照亮

2022 年 6 月 19 日于深圳洪湖公园荷花展

禅　定

早晨的地铁里

一个小伙子在车厢中间禅定

双目紧闭，腿微曲站成马步

双手环抱，托住地球

地铁在前行，车厢略微摇晃

乘客吞进又吐出

他脚下的一把伞，一个饭盒没有动静

他抱着的空没有动静

2022 年 6 月 17 日于深圳

时间的横截面

雨 季

这段时间连续下雨

暴雨一场接一场

道路泥泞,看不清方向

些微光亮漂浮在流水里

转瞬即逝

雨帘隔离了万物

各自险中求活

蚁巢倾覆

弱者尸横遍野

一声响雷经过

又归于沉寂

雨水不断

锁链和拳脚上

长出霉菌

在角落快速繁殖

2022 年 6 月 12 日于深圳

补 牙

牙齿这个坚硬之物

被生活撞击，磨蚀

已呈颓废之态

接触的事物不能太热太冷

更不能太酸

原来咬住的已纷纷滑落

只剩下一些空洞

风通过，流水通过

柔软的话语通过

医生像一个拾荒者

在口腔内旁敲侧击

缝隙处用时间充实

牙齿上发出的吱吱声

仿佛在呼唤新的生命

而我将嘴尽力张大，再张大

似乎要把医生的手吞掉

连同这坚硬的尘世

2022 年 6 月 10 日于深圳

时间的横截面

端午喝酒

喝醉最好,这样可以醉眼看世界

不知三闾大夫是否好酒

如果如青莲居士一样邀明月

就不会那么孤独

粽子也不会发明,江南

铺天盖地的箬竹叶

就会制成斗笠,戴上走上江湖

不会入水熬煮

然后变成鱼的床铺

最好喝烈酒

入胃火辣,把那些暗藏的火

引燃

如夕阳停靠山脊

灯火明亮起来

三闾大夫,你可以走夜路

恣意游荡湘资沅澧

船头有灯,前方就是故乡

2022 年 6 月 4 日于深圳

与友人书

喜鹊叫个不停,布谷鸟也在附和

天空里稀稀落落的乌云

有一道光线穿过

如果你要来

请带一壶花雕

我这里酒具齐备,独缺美酒

已置好三个酒盅

除了你我,叫上春风作陪

杯盘狼藉后,风会收拾

我俩踏歌而行,走月光大道

借着酒劲,飞上天空

看人间烟火时亮时灭

把你的洞箫带上

让旷野响起哀怨的曲子

你记得我的地址

如果推门不遇

可去别处看看

到长长的人流队伍里

找到那个目光呆滞者

时间的横截面

或者去到后山

山顶有人仰天长叹

时而低头与草木耳语

可上前打听

2022年5月16日于深圳

游东部华侨城

蓝天，白云，郁郁葱葱的林木

流动的海洋，泊岸的船舶

一只鹰

在云端之上，乘风而行

那双翅膀自由翻飞

一段音乐飘来，丝绸般顺滑

宛如它的滑翔

在这人造的美景里

坐过山车，看玄幻电影

走透明的玻璃桥

按照设定路线

做完所有的项目

一个青年在封闭的缆车里

双臂一挥，吟哦道

"江山如此美丽"

2022 年 5 月 4 日于深圳东部华侨城

时间的横截面

铁器时代

铁矿石从地下挖出来

炼成铁

造铁路和铁桥

也造铁门，铁窗和铁锁链

2022 年 4 月 29 日于深圳

解　封

隔离了很久

解封后，忙不迭地跑到后山

至无人处，脱下口罩

大口呼吸山里的空气

这春天的气息

混合着新生与自由的味道

那些不知名的花争相开放

好像再没有机会似的

树木还是沉默

静静地长出新叶

鸟儿一边飞，一边播种鸟声

蝴蝶从花丛的隐秘处飞出

用一种神圣的姿势

翩跹着，把信息带给某人

看着这生机盎然的山野

我多想加入他们

2022 年 3 月 23 日于深圳

时间的横截面

日 出

边界模糊不清

疼痛总是先头抵达

一长排围栏，零散的豁口

小黄花在低处开放

路人的脚步潮湿

那些带泥的鞋子践踏之前

有一分钟的沉默

我起身，把光线再次披上

迎接新的日出

2022 年 3 月 11 日于深圳

有时候想

有时候想，干脆把自己放逐山野

独自寻找野生的蔬果维持生命

看太阳钻进丛林，留下阴影

露珠在花瓣边沿摇摇欲坠

坐在地上，与蚂蚁探讨哲学问题

研究落叶干枯的叶脉

忘掉曾经的人世

忙碌，艰辛，歧视，讥讽，压制，封闭

每一天出现的都是别人

战争和争吵把人生压成碎片

随风飘去又随风飘回

如同无土栽培植物，挂在道德的支架上

当一天天变老，看到

硕大的夕阳靠在山前

有时候就想，干脆把自己放逐山野

2022 年 3 月 10 日于深圳

时间的横截面

声　音

我在走夜路

脚掌击打坚硬的地球

地下传来咚咚声

我不能确定

这是因我击打发出的反馈

还是远方的战火

熔蚀掉地壳后

传过来的空洞声音

2022 年 3 月 8 日于深圳

一只鸽子的失踪之谜

一只鸽子常常在广场上出现

啄食人们给它的粮食

扑棱棱起飞,又倏地落下

它发出的声音为奔波的路人伴奏

有时停在孩子的手中与其合影

有时与闲人一起踱步

现在鸽子不见了

有人说鸽子思念家人去了远方

有人说鸽子隐居起来不愿现世

还有人说

鸽子被某人捉住

烧烤吃掉了

        2022 年 2 月 26 日于深圳

时间的横截面

2 最多的一天

在南方,读不准普通话

有人把 2 读成爱

于是有了 520

人们把心愿换成一个个 2

会普通话的北方人

对 2 则有另一种隐喻

那弯勾形象如同打蔫的茄子

据说今天是纪年以来

2 最多的一天

有人侵入别人领地

说是为了爱

有人为了活路

耷拉下了尊严

2022 年 2 月 22 日于深圳

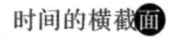

七娘山的鹰

我明白你必须飞翔

但不明白

你为何要飞得那么高

在天空,那空空如也的地方

你保持一种静止

俯瞰地球表面如蚁般的苍生

如果俯冲下来

就是一阵风,或者一道闪电

动摇这个世界

此时,我在七娘山下

对着火山石的气孔出神

你高高在上擘画圆圈

圈定领地和领空

我俩,一个在穿越历史

一个在把控当下

2022 年 1 月 31 日于深圳大鹏

时间的横截面

启　蒙

竹子对寒暑的认识是肤浅的

它们挤在一起，一年四季翠绿

不知道夏天的火热炙烤人心

寒冬的忧郁如蓝色的河流在血脉里流淌

更不知道人间在青黄不接时的困顿

我每天上山找它们对话

它们要不沉默不语

要不随风发出沙沙声

2022 年 1 月 18 日于翠竹山

每个人都在标志自己

切·格瓦拉戴着贝雷帽

是革命者的标志

达利的两撇胡子

成为超现实主义的声明

我戴眼镜

把自己装饰成知识分子

路上,两个人

在前面急匆匆走着

女子的牛仔夹克上写着

"fall in love"

另一个是少年

他宽松的外套上印着"404"

字体粗大而黑亮

2022 年 1 月 18 日于深圳

时间的横截面

登梧桐山

年轻人，汗水，陡峭的山势

或者一根登山杖

把梧桐山的山路连接起来

从无人机的眼睛里看去

满山的人像要去攻占山头阵地

从东路，西路，南路，北路

成包围合拢之形向上移动

我裹挟进人流里

在浓厚的荷尔蒙里寻找突围

簕杜鹃杜鹃在路边火焰般燃烧

太阳公平地把光亮投射下来

当登上山顶

把整个深圳踩在脚下

手机信号显示无网

一时失联，四顾茫然

顿时陷入庞大的孤独

2021 年 12 月 18 日于梧桐山

翠竹亭

时间还早,所有立着的事物

都布置了阴影

路边两只猫,蜷缩着互望

一黑一白,分割着时光

白猫慵懒地舔舐自己

黑猫过早把黑夜暴露出来

此时夕阳穿过树缝射向我

我等着从夕阳里走出的一群人

他们像蚂蚁一样

天黑前把路程走完

不远处有一亭台,它们向天空

伸出了天线

宇宙深处发来的信息在这里接收

而那几只翘起的檐角

正把落日钩沉

2021 年 11 月 4 日于翠竹山

时间的横截面

月光如水

如果忽略年份差距

你追随着我第二天出生

我们都在月亮将满之时

做着同样的梦

你驾上水乡画舫

在弥漫了荷花和莲蓬的清幽里弄影

我以大山里的明月投奔你

让山水一起摇曳

正如我们后来的生活

船行处，留下微澜和静谧

你的静谧如月亮

总是忙碌着为患者涂抹月光

我则是月亮里无所事事的吴刚

砍那棵不存在的桂花树

今夜月光如水

我在水中畅游并做温馨的梦

2021 年农历八月十四于深圳

万物并无恶意

路向前延伸

到达每个人的目的地

山静立，海自顾吐纳

树林守着自己的本分

每天释放氧气

云巡游天际，关照大地干旱

草丛中的蛐蛐发出细声

为世界增添一点声响

我在散步的路边

随便做了一个口腔检测

护士小姐在我咽部搅动

我和她都没有恶意

2021 年 8 月 30 日于深圳

时间的横截面

午 后

这是一个寂静的午后

山下的广场上

人们排了长长的队伍

水管工在街边整理沟渠

我选择一条小径上山

山上的邻居都很熟了

花猫趴在路边舔舐着它的皮毛

小蛇慢悠悠横过路面

鸟的婉转声躲藏起来

蝉鸣占据了整个空间

蚂蚁仍是忙碌

小黄花在草丛里独自开放

树木努力向上生长

把天空切割成不规则图案

所有的生命

都在按照各自的方式进行

此时天空明亮

白云后有眼睛注视着这个世界

从空隙望进去

我与它对视了一眼

2022年8月11日于翠竹山

时间的横截面

洪 水

天彻底地漏了,那些灰黑的水

疯狂灌进平地

在大河两岸汹涌

有人泡在水中

无力地驾驭一只木盆

旋涡和暗流在周围密布

树木倾倒,伸不出援助之手

房屋失去家的标记

宏大的文明史与个体一同流逝

木盆向下游寻找停靠

如同那年我过家乡的河

洪水把我冲到下游对岸

紧紧抓住一把岸边的草根

我才得以自救

2021 年 7 月 21 日于深圳

等你回来

盼你早来

把天空清洗好了

树木育成彩色

簕杜鹃和紫荆花夹道开放

湖里睡莲将醒来

四只天鹅为你舞蹈

杧果树和荔枝树再次酝酿香甜

等我们把所有准备好

约定步云路上共采云霞

这次离去

是为了再次相见

回去把蓝色的海水沥干

带白色的晶莹过来

检验我们友情的浓烈和成色

我早早委托了一只海鸥

在你的岸桥前飞翔

你吊起的每一箱思念

都会给我发来消息

我仍在这里等你

时间的横截面

等你亲切的容颜

等你睿智的笑语

等你矫健的步态

等你回来

我们畅饮一场

2021年6月25日于留仙洞

捉一首诗

年关将至,老家正在

杀年猪,磨豆腐,打糍粑

灶台清扫干净,除掉挂在瓦檐上的烟尘

灶王爷高兴,随炊烟入室

祖先牌位点上蜡烛,他们随后就到

老家的河水是弯曲的,与山岚牵手

把村子围得越来越瘦

现在我在城市

捉一首诗过年

如小时候的年关,跟随大人

上山捉斑鸠

在这个时间的出入口

守株待兔,把故乡做诱饵

抛在来路

2021 年 2 月 6 日于深圳

时间的横截面

生 活

没有更多的词语描述

泥土暗淡,却生出鲜艳的花朵

油盐在瓶子里睡了过去,每次醒来

是你在敲打生活之后

绿萝垂下枝蔓,触及每一个梦境

那些梦里,我们化身蝴蝶

电视兀自走它的流程,时光被摁进遥控器里

时光逃逸出来,落在头上,一层层

尘埃压着,变灰变白

我们变成雕塑吧,各自为政

历史断代越来越紧

亲爱的,我们去到哪里

2020 年 4 月 1 日于深圳

岁 月

头发剪短后,头更圆了

年纪越来越大

头越来越圆,脸越来越圆

身体上有棱角的地方不多了

只有那根脊梁

在逐渐弯曲中,时不时

在腰部或颈部刺出来

提醒我一下

2020 年 3 月 28 日于深圳

时间的横截面

写作业的女孩

地铁上人少了

留出了多余的座位

一个小女孩伏在书包上

在赶写作业

口罩盖住了整个脸

露出两只眼睛在骨碌碌转动

像一个猎手藏在雪地里

搜寻着猎物

2020 年 3 月 25 日于深圳

五四遐想

百年前的你推门进来

我正在隔离房间打坐

你目光如炬,把房间照出亮色

阳台的花纷纷开放

我打坐闭目,正在黑暗中寻找出路

耳朵里已没有任何声响

你用剪刀剪掉我的辫子

那条长长的辫子,已生了锈

正如冬天的沉默,当春雷

打掉一段枯枝

2020 年 5 月 4 日于深圳

时间的横截面

麻　雀

一只麻雀飞过来

停在阳台的栏杆上

看见躺在客厅沙发上的我

开始喳喳喳地叫

它快速转动着头,跳来跳去

似乎要告诉我一些消息

春天的花已经萎靡

雨水浸透了草铺的巢

这个娇小的动物,忙乱地

撞击着铁栏杆

从它细小的双足间

闪耀着远处的亮光

2020 年 4 月 28 日于深圳

祈祷辞

菩萨,请照顾他们

他们拿出了家里所有

进行供奉

他们自己种粮食,不与虫鸟

争抢野果

留一份余粮撒落田间

他们以脚为车,走山路,下水田

他们以天为被,眠树下,睡草垛

他们把耕读作为家训,除了活着

还要教孩子明事理

菩萨,请善待他们

他们是多好的信众

顺从,谦让,听话,只顾干活

不与人为敌,只关心自己的小家

没有阴谋,不会玩纵横游戏

困苦时,只抱怨自己命不好

只企盼有青天白日

时间的横截面

如今,他们被困于一隅

隔离,孤独,反省,自知有罪

吃的种类太多

把一些动物赶尽杀绝

无限膨胀的欲望堵在胡同里

找不到出路

他们现在追悔

菩萨啊,请放过他们

2020 年 4 月 4 日于深圳

某个人

他是一束光,来自深远的宇宙

他是一支温度计,测验人间的体温

他是一个天使,翅虽折而气不馁

他是一枚口哨,声虽哑而音不绝

他是一位父亲,心有愧而志不移

他是一棵松,雪压顶而不屈

他是岩石,经风吹而筑长江

他是长江,曲九折而流大海

他是大海,腾千浪而胸宽广

他是天空,是大地

是泥土,是钢铁,是空气

是山,是水,是书,是画

是柴米油盐

是真相

是信仰

他是人类

他是我们中间的某个人

2020 年 2 月 8 日于深圳

时间的横截面

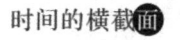

眼科医生

他是眼科医生

他要让人们

看清这个世界

2020年2月7日于深圳

切尔诺贝利

这是一个地名

这是一页历史

这是一块疤痕

这是一堆尸体

这是还延续着的

现实

2020 年 2 月 2 日于深圳

时间的横截面

沙漠女孩

战火烧遍整个屏幕

各类人的解读，猜测，预判

像一支支冷箭射出

善良已无处躲藏

而歌舞升平之地

有看客们的狂欢

我只关心

七年前在沙漠里偶遇的女孩

黑袍笼罩下

那双眼睛是否依然明亮

2020 年 1 月 30 日于深圳

南方的冬天

风声紧,树木暗淡

路上飘落竹叶和残花

翻卷着,滚动着

脚踏上去有沙沙声响

或默不作声

树叶并无枯黄,配合风声

做出萧瑟状

南方的冬天不适宜宏大叙事

一湾溪水,一垄田埂

鸦雀飞过去,不留痕迹

2020 年 1 月 15 日于深圳

时间的横截面

再 见

见到你,时光纷纷滑落

逶迤一地的故事

不知从哪里拾起

只好把分别的时段掐掉

续上你离开时的目光

那时,你青春年少

树林里充满诱惑

一瓶水打开,就看到你的透明

我们沿山路,走出婉约

上高楼,走出心跳

那时,明月高挂

我们看繁星的轨迹,看人生的无奈

现在,你把握了一杯酒

把激情之物压在唇下

此时无风,吹不开密封的语言

时间的横截面

只好按顺序流程

一饮而尽对你的思念

而往事，姗姗而来

佐以奔腾而下的火热

2020 年 1 月 15 日于深圳

时间的横截面

路　上

让冬天的太阳

从背后射来

允许它万箭穿心

把心钻些窟窿

让清风拂过

让血喷洒成雾状，燃烧起来

把躯体推上前去

再让开一个通道

把紫荆花邀请进来

撒下的花瓣铺就道路

碎满大地

让阳光一一捡拾

空旷的路上

你拥抱着风

向前跑

2019 年 12 月 24 日于深圳